老 舍◎著

李异鸣◎·主编

现代文学·蓝皮轻经典

贫血集

应急管理出版社

·北 京·

图书在版编目（CIP）数据

贫血集/老舍著；李异鸣主编．－－北京：应急管理
出版社，2021

（现代文学：蓝皮轻经典）

ISBN 978－7－5020－8674－9

Ⅰ.①贫…　Ⅱ.①老…　②李…　Ⅲ.①短篇小说—小
说集—中国—现代　Ⅳ.①I246.7

中国版本图书馆 CIP 数据核字（2021）第 018713 号

贫血集（现代文学　蓝皮轻经典）

著　者	老　舍	
主　编	李异鸣	
责任编辑	陈棣芳	
封面设计	沈加坤	

出版发行　应急管理出版社（北京市朝阳区芍药居 35 号　100029）
电　话　010－84657898（总编室）　010－84657880（读者服务部）
网　址　www.cciph.com.cn
印　刷　天津文林印务有限公司
经　销　全国新华书店

开　本　880mm×1230mm^1/$_{32}$　印张　42　字数　834 千字
版　次　2021 年 5 月第 1 版　2021 年 5 月第 1 次印刷
社内编号　20193223　　　　定价　240.00 元（共十册）

小序

    三年来，因营养不良，与打摆子，得了贫血病。病重的时候，多日不能起床；一动，就晕得上吐下泻。病稍好，也还不敢多作事，怕又忽然晕倒。

    以贫血名集，有向读者致敬之意；其人贫血，其作品亦难健旺也。

老舍于北碚。

目　录

恋

　　在成都的西龙王街，北平的琉璃厂与早市夜市，济南的布政司街，我们都常常的可以看到两种人。第一种是规规矩矩，谨谨慎慎，与常人无异的；他们假若有一点异于常人的地方，就是他们喜欢收藏字画，铜器，或图章什么的。这点嗜好正象爱花，爱狗，或爱蟋蟀那样的不足为奇。以职业而言，他们也许是公务人员，也许是中学教师。有时候，我们也看见律师或医生，在闲暇的时候去搜捡一些小小的珍宝。这些人大致都有点学识。他们的学识使他们能规规矩矩的挣饭吃。他们有的挣得钱多，有的挣得钱少，但他们都是手中一有了余钱，便化费在使他们心中喜悦而又增加一些风雅的东西上。有时候，他们也不惜借几块钱，或当两件衣服，好使那爱不释手的玩意儿能印上自己的图章，假若那是件可以印上图章的物件。

　　第二种人便不是这样了。他们收藏，可也贩卖。他们看着似乎很风雅，可是心中却与商人没什么差别。他们的收藏差不多等于囤积。

现在我们要介绍的庄亦雅先生是属于第一种的。

庄先生是济南的一位小绅士。他之取得绅士的地位，绝不是因为他有多少财产，也不是因他的前辈作过什么大官。他不过是个普通的大学毕业生，有时候作作科员，有时候去当当中学教师。但是，对人对事都有一份儿热心，无论是在机关里，还是学校里，他总是个受人之托，劳而无怨的人。他不见得准能把事办得很漂亮，但是他肯于帮朋友的忙。事情办多，他便有了经验。社会上大家都是懒惰的，往往因为自己偷懒，而把别人的一分经验看成十分。因此，庄先生成为亲友中的重要的人，成为商店饭馆的熟客，成为地方上的小绅士。

从大体上说，他是个好人。从大体上说，他也是个体面的人。中等身材，圆圆的脸，两个极黑极亮的眼珠，常常看着自己的胸和鼻子，好象怕人家说他太锋芒外露似的。他的腿很短，而走路很快，终日老象忙得不得了的样子。有时候，他穿中山装；有时候，他穿大褂；材料都不大好，可是全很整洁。襟上老挂着个徽章。

他结了婚，没有儿女。太太可是住在离城四十多里的乡村里。因为事多，他不常常下乡，偶尔回一次家，朋友们便都感觉得寂寞，等到他一回来，他的重要就又增加了许多。有好多好多事都等着他的短腿去奔跑呢。

虽然走得很快，他的时时打量着自己胸部或鼻子的眼可是很尖锐。路旁旧货摊上的一张旧黄纸，或是一个破扇面，都会使他从老远就刹住脚步，慢慢的凑到摊前，然后好象是绝对偶然立住。他爱字画。先随手的摸摸这个，动动那个，然后笑一笑，问问价钱。最后，才顺手把那张旧纸或扇面拿起来，看看，摇摇头，放下；走出两步，回头问问价钱，或开口就说出价钱："这个破扇面，给五毛钱吧。"

块儿八毛的，一块两块的，他把那些满是虫孔的，乌七八黑的，摺皱的象老太婆的脸似的宝贝，拿回去。晚上，他锁好了屋门，才翻过来掉过去的去欣赏，然后编了号数，极用心的打上图章，放在一只大楠木箱里。这点小小的辛苦，会给他一些愉快的疲乏，使他满意的躺在床上，连梦境都有些古色古香似的。

大小布政司街的古玩铺，他也时常的进去看看。对于那些完整的，有名的，成千成百论价的，作品，他只能抱着歉意的饱一饱眼福。看罢，惭愧的一笑，而后必恭必敬的卷好，交还人家。他只能买那值三五块钱的"残篇断简"，或是没有行市的小名家的作品。每逢进到这些满目琳琅的铺子里，他就感到自己的寒酸。他本来没有什么野心，但是一进古玩店，他便想到假若发了财，把那几幅最名贵的字画买回家去，盖上自己的图章，该是多么得意的事呀！

"看一看"便是主顾，这是北方商家的生意经。虽然庄先生只"看"贵的，而买贱的，商人家可并不因此而慢待了他。他们愿意他来看，好给他们作义务宣传。同时，他们有便宜而并不假的东西，还特意的给他留着。他们知道"爱"是会生长的东西，只要他不断的买小件，有那么一天他必肯买一件大的。

一来二去，庄先生成了好几家古玩铺的朋友。香烟热茶，不用说，是每去必有了；他们还有时候约他吃老酒呢。他不再惭愧。果然不出所料，他给他们介绍了生意。那些有钱而实在无处去花的人，到最后想到买几幅字画，或几件古董，来作富户的商标。他们钻天觅缝的找行家，去代他们作义务的买办，唯恐花了冤枉钱。很自然的，他们找到庄亦雅先生——既是绅士，又肯帮忙，而且懂眼。

在作这种义务买办的时候，庄先生感到了兴奋与满意。打开，卷起，再打开；一张名画经他看多少次，摸多少回，每回都给他带来欣悦，都使他增加一些眼力与知识。在生意成交之后，买主卖主都请他吃酒。吃酒事小，大家畅谈倒事大，他从大家的口中又得到许多知识。再说，几次生意成交之后，他的地位也增高了许多。可以大胆的拒绝商人们特意给他保留着的小物件了。"这两天手里没闲钱，"或是"过两天再说吧！"他这样的表示出，你们不能塞给我什么，我就拿什么，我也有眼力。为应付这个，商人们又打了个好主意，把他称作"收藏山东小名家的专家"。以庄先生的财力，收藏家这头衔是永远加不到他身上的。而今，他居然被称为收藏家了，于是也就不管那个称号里边所含的讽刺，而坦然的领受了。

有了这个头衔以后，庄先生想名符其实的真去作个专家。他开始注意山东省的小名家，而且另制了一只箱子，专藏这路的作品。现在，他肯花一二十块，甚至三十块钱，买一张字或画了，只要那是他手中还没有的乡贤的手迹。他不惜和朋友们借债，或把大衣送到当铺去；要作个专家就不能不放开一点胆子喽。这些作品的本身未必都有艺术的价值，搁在以前，他也许连看也不要看，但是现在他要化十块二十块的去买来了。收藏是收藏，他可以，甚至应当，和艺术的价值分离，而成为一种特异的，独立的，嗜癖与欣悦。

在以前，那用三毛两毛买来的破纸烂画的上面，也许只有一朵小花，或两三个字，是完整的，看得清楚的。但是那的确是一朵美丽的花，或可爱的字。他真喜爱它们，看了还要再看。他锁上房门去看它们，一来是为避免别人来打搅，二来也是怕别人笑他。自从得了专家的称呼，他不但不再锁起门来，而且故意的使大家知道了。每逢得到一件新的小宝物，他的屋里便拥满了人。他的极黑极亮的眼珠不再看着自己的鼻子，而是兴奋的乱转，腮上泛起两朵红的云。他多少还有点腼腆，但是在轻咳过一两次后，他的胆子完全壮了起来。他给他们讲说那小名家的历史，作风，和字或画上的图章与题跋。他不批评作品的好坏，而等着别人点头称赞。假若大家看完，默默不语，他就再给大家讲说，暗示出凡是老的，必是好的，而且名家——即使是小名家——的手下是没有劣品的。他的话很多，他的心跳得很快，直到大家都承认了那是张杰作的时候，他才含笑的把它卷好，轻轻放下；眼珠又去看看鼻子。

他的收入，好几年没有什么显然的增减。他似乎并不怎样爱钱。假若不是为买字画，他满可以永远不考虑金钱的问题。他有教书或作事的本领，而且相当的真诚，又没有什么不良的嗜好，在他想，顾虑生计简直是多此一举。

自从被称为专家，他感到生活增加了趣味与价值，在另一方面可是有点恨自己无能，不能挣更多的钱，买更好的字画。虽然如此，他可是不肯把那字画转手，去赚些钱。好吧坏吧，那是他的收藏，将来也许随着他入了棺材，而绝对不能出卖。他不是商人。有时候，他会狠心的送给朋友一张画，或一幅字，可是永没有卖过。至多，他想，他只能兼一份儿差事，去增加些收入。但是事情多了，他便无暇去溜山水沟，和到布政司街去饱眼福。他需要空闲，因为每一张东西都须一口气看几个钟头。

既不能开源，他只好节流。这可就苦了他的太太。本来就不大爱回家，现在他更减少了回去的次数。这样，每逢休假的日子，他可以去到古玩铺或到有同好的朋友的家中去坐一整天；要不然，就打开箱子，把所有的收藏都细看一遍，甚至于忘了吃饭。同时，他省下回家来往的路费与零钱。对家中的日用，他狠心的缩减。虽然他也感到一点惭愧，可是细一想呢，欺侮自己的太太总比作别的亏心事要好的多。

在七七抗战那年的春天，朋友们给庄亦雅贺了四十的寿日。他似乎一向没有想过他的年纪，及至朋友们来到，他仿佛才明白自己确是四十岁的人了。他是个没有远大的志愿与无谓的顾虑的人，可是当贺寿的人们散了以后，他也不由的有点感触。四十岁了，他独自默想，可有什么足以夸耀于人的事呢？想来想去，只有一件。几年来，他已搜集了一百多家山东小名家的字画。这的确是一点成绩。前些日子，杨可昌——济南的一位我们所谓的第二种收藏家——居然带来两个日本人来看他的收藏。当时，他并没感到什么得意。反之，那些破纸烂画使他有点不好意思拿出来。可是，在四十的寿日这天一想，这的确有很大的意义。他跑腿花钱，并不是浪费。即使那些东西是那么破烂不堪，但是想想看吧，全国里有谁，有谁，收藏着一百多家山东的小名家呢？没有第二份儿！连日本人都来参观，哼，他的这点收藏已使他有了国际的声誉！他闭上了眼，细细的，反复前后的想，想把这点事看轻，看成不值一笑的事体。然而，这却千真万确，日本人注意到他的收藏是一点也不假。即使自己过火的谦虚，而事实总是事实。想到这里，他在惭愧，感慨，无可如何之中，感到了一点满意。生平没有别的建树，却"歪打正着"的成为收藏家，也就不错。这一生总算没有白活。人死留名，雁过留声呀！为招待亲友，他也很疲乏，但是想到这里，他又兴奋起来，把那一百多家的作品要从新看一遍。拿起任何一张，他都不忍释手，好象它们又比初买的时候美好了多少倍。就是那些虫孔都另有一种美丽，那些尘土都另有一种香味。看到第三十二张，他抱着它睡去了。

　　寿日的第二天，他发了个新的誓愿：我，庄亦雅，要有一件真值钱的东西！

　　夏初，一家小古玩商得到一张石谿的大幅山水，杨可昌与庄亦雅前后得到了消息。杨先生想赚一笔钱，庄先生想花一笔钱买过来，作传家之宝。那张山水画得极好，裱工也讲究，可惜在左下角有图章的地方残缺了一块。图章是看不见了；缺少的一角画面却被不知哪个多事的人补上几笔，补得很恶劣。杨先生是迷信图章的。既无图章，而补的那几笔又是那么明显的恶劣，所以他断定那幅画是假的。虽然他也知道那是张精品。在鉴赏之外，自然他还另有作用。他想用假画的价钱买过来，而后转手卖给日本人。他知道，那张画确是不错；而且，即使是假的，日本人也肯出相当高价买去，因为石谿在东洋正有极大的行市。

杨先生是济南鉴别古董的权威，而好玩古董的人多数又自己没长着眼睛，于是石谿的那张画便成了大家开心的东西。"去看看假石谿呀！"当他们没有事的时候，就这样去与那位小古玩商开个小玩笑。来看的人很多，而没有出价钱的——谁肯出钱买假东西呢？

最后，杨先生，看时机已熟，递了个价——二百五十元，不卖拉倒。他心中很快活，因为他一转手就起码能卖八百元，干赚五六百！

庄先生也看准了那张画。跑了不知多少次，看了不知多少回，他断定那一定是真的。每看一次，他的自信心便增高一分，要买到手里的决定也坚强了一些。但是，每看一次，他的难过也增加了许多。他没有钱。

有好几天，他坐卧不安，翻来复去的自己叨唠："收藏贵精不贵多！石谿！石谿！有一张石谿岂不比这两箱陈谷子烂芝麻强？强的多！这两箱子算什么？有一张石谿才镇得住呀！哪怕从此以后绝对，绝对不再买任何东西呢，这张石谿非拿来不可……"他想去借钱，又不好意思。当衣服？没有值钱的。怎办呢？怎办呢？

及至听到杨先生出了二百五十元的价，他不能再考虑，不能再坐。一口气，他跑到小古玩店。他的手心出着汗，心房嘣嘣的乱跳，越要镇静，心中越慌，说话都有点结巴：

"我，我，我再看看那张假石谿！"

画儿打开。他看不清。眼前似乎有一片热雾遮着。其实他用不着再看，闭着眼他也记得画上的一切，愣了一会儿，他低声的说：

"我给五百！明天交钱！怎样？"

他闭住气等待回答，象囚犯等着死刑的宣判似的。好容易，他得到了商家的"好吧"两个字。他昏迷了一小会儿。然后疯也似的跑回家，把太太的金银首饰，不容分说的，一股拢总都抢过来，飞快的又往回跑。

他得到了那张画。

可是，也和杨先生结了仇。

杨先生，因为没得到那件赚钱的货物，到处去宣传庄亦雅是如何可笑的假内行，花五百元买了一张假画。全济南的收藏家几乎都拿这件事作为茶余酒后说笑话的好资料，弄得庄亦雅再也不敢在光天化日之下去逛古玩铺。可是，他并不妥协，既不肯因闲话而看轻那张画，也不肯因恢复名誉而把画偷偷的再卖出去，他仍旧相信，他是用最低的价钱得到一幅杰作。

在六月间，由北平下来一位姓卢的鉴赏家。卢先生的声望是国际的，字画上只要有他的图章，就是欧美的收藏家也不敢微微的摇一摇头。庄亦雅把那张石谿拿去给卢先生看，卢先生没说什么，给画上打了个图章。等庄亦雅抱着画要走的时候，卢先生才很随便的问了声："我给你一千二，你肯让给我不呢？"庄亦雅没敢回答什么，只把画儿抱紧了一些。"没关系！"卢先生表示了决不夺人所好。庄亦雅抱歉的，高兴的惶惑而兴奋的，告了辞。

杨可昌低声下气的来看庄亦雅。他知道自己的眼力与声誉远不及卢先生。卢先生既说那张石谿是真的，他自己要是再说它是假的，简直就是自己打碎自己的饭碗。他想对庄亦雅说明，他以前的话不过是朋友们开开小玩笑，请庄先生不要认真。庄亦雅没有见他！

七七抗战。济南也与其他的地方一样，感到极度的兴奋。庄亦雅也与别人一样，受了极大的刺激，日夜期待着胜利的消息。

消息，可是，越来越不好。最使人不安的是车站上的慌乱与拥挤。谁也不知道上哪里去好，而大家都想动一动；车站上成为纷乱与动摇的中心。庄先生看着朋友们匆匆的逃往上海，青岛，南山，而后又各处逃了回来。他心中极其不安，但是不敢轻意的逃走，他是济南人，他舍不得老家。再说，即使想逃，应当跑到哪里去呢？逃出去，怎样维持生活呢？他决定看一看再说。好在自己还没有儿女，等到非跑不可的时候，他和太太总会临时想主意的。

沧州沦陷了，德州撤守了，敌机到了头上，泺口炸死了人，千佛山上开了高射炮。消息很乱，谣言比消息更乱。庄亦雅决定先下乡躲一躲。别的且不讲，他怕那两箱子画和石谿毁灭在炸弹下。腋下夹着石谿，背上负着一大包袱小名家，他挤出城去。雇不着车子。步行了十里。听到前边有匪。他飞快的往回跑。跑回来，他在屋中乱转了有十分钟。他不为自己忧虑什么；对太太，他简直的不去费什么心思。乡下人有几亩地，地不会被炮火打碎，用不着关心。他只愁石谿与那些小名家没有安全的地方去安置。又警报了。他抱着那些字画藏在了桌子底下。远处有轰炸的声响。他心里说："炸！炸吧！要死，我教这些字画殉了葬！"

敌人已越过德州，可是"保境安民"的谣言又给庄亦雅一点希望。他并非完全没有爱国的心，他不愿听这类可耻的谣言。可是，为了自己心爱的东西，仿佛投降也未为不可。

杨可昌来看了他一次，劝他卖出那张石谿，作为路费，及早的逃走。"你不能和我比，"他劝告庄先生，"我是纯粹的收藏家，东洋人晓得。你，你作过公务人员和教员，知识分子，东洋人来到，非杀你的头不可！"

"杀头？"庄亦雅愣了一会儿。"杀头就杀头，我不能放手我的石谿！"

杨可昌走后，庄先生决定不带着太太，而只带着石谿与山东小名家逃出去。但是，走不成。敌机天天炸火车。自己没关系，石谿比什么也要紧。他须再等一等。

敌人到了。他并不十分后悔。每天，他抱着石谿等候日本人，自言自语的说："来吧！我和石谿死在一处！"

等来等去，又把杨先生等来了。

庄亦雅，本是个最心平气和的人，现在发了怒。这些日子所受的惊恐与痛苦，要一股脑儿在杨可昌身上发泄出来："你又干吗来了？国都快亡了，你还想赚钱吗？"

"不必生气，"杨可昌笑着说，"听我慢慢的说。你知道东洋人最精细，咱们谁手里收藏着什么，他们全知道。他们知道你有石谿。他们的军队到，文人也到。挨家收取古物。你要脑袋呢，交出画来。要画呢，牺牲了脑袋！"

"好！我的脑袋，我的画都是我自己的！请不必替我担心！"

"你真算个硬汉！"

"硬不硬，用不着你夸奖！"

"别发脾气好不好？"杨先生又笑了，"告诉你吧，我不是来跟你要画，我来给你道喜！"

"道喜？你干吗跟我开这个玩笑呢？"

杨先生的脸上极严肃了："庄先生！东洋人派我来，请你出山，作教育局长！"

"嗯？"庄亦雅象由梦中被人唤醒似的发出这个声音来。待了一会儿，"我不能给东洋人作事！"

"我忙得很，咱们脆快的说吧。"杨先生的眼象要施行催眠术似的钉住庄亦雅的脸。"你要肯答应作局长，你可以保存这点世上无双的收藏，不但保存，东洋人还可以另送你许多好东西呢！你若是不肯呢！他们没收你的东西，还要治罪——也许有性命之忧吧！怎样？"

好大半天，庄先生说不出话来。

"怎样？"杨先生催了一板。

庄先生低着头，声音极微的说："等我想一想！"

"要快。"

"明天我答复你！"

"现在就要答复！"杨先生看了手表，"五分钟内，给我'是'，或是'不是'！"

杨先生的一枝香烟吸完，又看了看表。"怎样？"

庄亦雅对着那两只收藏字画的箱子，眼中含着泪，点了点头。

恋什么就死在什么上。

八太爷

　　王二铁只念过几天私塾，斗大的字大概认识几个。他对笔墨书本全无半点好感，却喜的是踢球打拐，养鸟放风筝。他特别不喜爱书本。给他代替书本的是野台戏评书，和乡里的小曲与传说——他从这里受到教育。

　　他羡慕闲书、戏曲与传说中的英雄好汉，而且在乡间械斗与唱戏的时候，他的行动，在他自己想，也的确有些英雄好汉的劲儿。就以唱戏来说吧，他总被管事的派作台下打手。假若有人在戏场上调戏妇女或故意捣乱，以至教秩序没法维持下去，管事的便大喝一声"拉出去"，而王二铁与其余的打手，便把闹事的拉出去饱打一顿。这样的尽力维持秩序，当然有一点报酬：管事的把末一天的戏完全交给打手们去调动，打手就必然的专点妇女们绝不敢来看的戏，而尽量的享受一天。可是，打手们的业务与权利并不老是这么轻快可喜。假若被打的人想报复，而结队前来挑战骂阵，即使是在戏已杀台后的许多天，打手们也还得义不容辞的去迎战；宁可掉了脑袋，也不能屈膝。掉脑袋的事儿虽然不是好玩的，可是为了看末一天的"荣誉"戏，王二铁与他的伙伴们谁也不肯退后示弱；只要有戏他们总是当然的打手。

在王二铁所知道的一批英雄之中，如张飞、李逵、武松、黄天霸等，他最佩服康小八。这有些原因：第一，康小八是在西太后当政的时候，使北京城里城外军民官吏一概闻名丧胆，而且使各州府县都感到兴奋与恐怖的人物。现在的七八十岁的老人，还有亲眼看见过他的。口头的描写比文字更有力量。王二铁只在舞台上看见过黄天霸与李逵，可是常由人们的口中听到康小八；康小八差不多是还活着呢。黄天霸只会打镖，而康小八用的是一对手枪。手枪，这是多么亲切，新颖，使人口中垂涎的东西呀！有了会打手枪的好汉在眼前，谁还去羡慕那手使板斧，或会打甩头一子的人物呢。第二，据说康小八是个黑矮个子，有两条快腿。王二铁呢，也是面黑如铁，而且身量不高。他的伙伴们往往俏皮他面黑身短。他明知道这不过是大家开开玩笑，并无损于他的尊严，可是他心中总多少有点不大得味儿。他想洗刷这个小小的"污点"。舞台上的黄天霸，他看，老是很漂亮的脸上敷粉，头上戴满了绒球的人。他开始反对黄天霸。及至他看过了《东皇庄》，扮康小八的是便衣薄底快靴，远不及黄天霸的漂亮威风，而耍的却是真刀真枪，他马上得到了一个满意的结论：黄天霸不过是个小白脸，康小八——跟他自己一样的又矮又黑——才是真正的好汉，为了这个结论，他和伙伴们打过许多次架。越打架，他越下工夫练拳，踢桩子，摔跤，拿大顶，好去在众人面前证明他是康小八转世，而康小八的确比黄天霸更利害。

拳头硬会使矮子变成高子，黑的变成白的。没人再敢俏皮王二铁了，因为痛快了嘴而委屈了身上是不大合算的。可是，拳头也还有打不到的地方。大家不敢明言，却在背地里唧咕。他们暗中给他起了个外号——东洋鬼！在形象上，东洋鬼暗示出矮的意思；在心理上，大家表示出恨恶他，正和恨恶日本人似的。

二铁的憎恶日本人，正和别的乡下人一样。他不知道日本侵略中国的历史，但是日本人这一名词在他心中差不多和苍蝇臭虫同样的讨厌。现在"东洋鬼"加在他自己身上了，他没法忍受。他想用拳头消灭这个可恶的绰号。可是，大家并不明言，而只用眼光把它射出来！他想离开故乡。

他早就想离开家乡——北平北边，快到昌平的大柳庄。为了实现自己的理想，他非走不可。他的身量、面色、力气、脚程，都象康小八。康小八是个赶驴的，他自己是庄稼汉，好汉不怕出身低呀。面对着北山，他时常出着神的盘算：假若有几百喽啰兵，由他率领，把住山口，打劫来往客商。而后等粮足马壮，再插起杏黄旗替天行道，救弱扶贫，他岂不就成了窦尔敦么？但是，窦寨王也比不了康小八。康八太爷没有喽啰，没有山寨，而敢在北京城里作案。作了案之后，大摇大摆的走进茶馆酒肆，连办案的巡缉暗探都得赶过来，张罗着会八太爷的钞。一语不合，掏出手枪，砰！谁管你是公子王孙，还是文武官员，八太爷是毫不留情的。到投案打官司的时候，人家八太爷入了北衙门，还是脚上没镣，手上没铐，自自在在的吃肉喝酒耍娘们。在南衙门定案之后，连西太后都要看看这个黑矮子。到了菜市口，八太爷自己跳上凌迟柱子下倒放着的筐子，面不改色。不准用针点心，不准削下头皮遮住眼睛，人家八太爷睁眼看着自己的乳头，自己的胳臂被刽子手割下，而含笑的高声的问："八太爷变了颜色没有？"成千成万的人一齐喝彩："好吗！"这才算是好汉，连窦尔敦也还差点劲儿啊！

康小八差不多附了二铁的体。二铁不闲着则已，一有空闲，他就不由的质问自己，为什么那个黑矮子可以作出惊天动地的事来，而自己这个黑矮子只蹲在家里拔麦子耪大地？他渴想得到一把手枪。有了枪，他便上北平。他不再面对着北山出神了，北平才是真正可以露脸的地方；他的心和脸一齐朝了南。

可是，他得不到手枪。即使能以得到，他也还走不开。他的老母亲还活着呢。他并不怕母亲，也未曾从书本上明白了何为孝道。也许是什么一点民族文化的胶合力吧，把他多多少少的粘在中国的历史上，他究竟是个中国人，因而他对母亲就有许多不好意思的地方。好象母亲的手中有一根无形的绳子，把他这条野驴拴在门外的榆树上。他时时想不辞而别。有时候他真的走出一二十里去，虽然腰里没有手枪，可是带着一些干粮。走来走去，他拨转了马头。不行，老母亲的白发与没了牙的嘴不容许他去作英雄。走回家来，他无论是拔麦子，还是劈高粱叶，都在全村考第一。他把作英雄的力气用在作庄稼活上。不为讨谁的好，只为把力气消耗出去。因此，虽然他被仇人们叫作"东洋鬼"，可是一般的人凭良心说话的时节，还不能不夸赞他两句："二铁虽然是好闹事的糊涂虫，对他娘可是还不错呀！"

在七七抗战那年的春天，王老太太死了。二铁哭了一大阵，而后卖了二亩田，喝了半斤白干，把母亲埋葬了。丧事办完之后，他没心去作什么，只穿着孝袍子在村子外边绕来绕去。正是农忙的时候，而二铁绝对不肯去忙。村中的老人们看出点危险来。在吃过晚饭，点上叶子烟的时候，他们低声的说出预言："这小子没了娘，还怕谁呢？看着吧，说不定就会好吃懒作，把田卖净。再没事儿弄点猫尿，喝醉了胡来。把钱花光，他要不作贼，算我没长来眼睛！"随着这预言而来的恐惧不止一款：他会酗酒闹事，会调戏妇女，会勾结土匪，会引诱年轻人学坏……

可是，二铁毫无动作。他常常坐在母亲的坟头儿前面，脸朝南发愣。要不然，他在村外的水塘边上去照自己的脸。白色的孝衣，把他的脸衬得更黑。他一边照影，一边用手摸他的脸。他的脸上每一块肉几乎都是硬的，处处都见棱见角。这样坚硬而多棱角的脸是不会很体面的，可是摸起来倒教他高兴，硬汉当然有一副硬脸啊。只有他的矮趴趴的鼻子头有点软活劲儿。当他看厌了自己的时候，他便抬着头出神，用三个手指揪，揉，拉，他的鼻头，好象很好玩似的。

忽然的，他把所有的一点点地全卖了。卖得很便宜。村中的长辈们差不多不敢正眼看他了，他们预言的一部分已经应验，而提心吊胆的等待着明天的发展。同时，卖肉的，卖酒的，甚至于连推车卖布的，都一致的在王家门外多吆喝几声。有时候，他们在路上遇到他，便也立住和他闲扯几句，而眼光射在他的腰间。可是，他的手老不去掏他的腰包。他早晚依旧练功夫。赌徒们，本村的和外村的，时常搭讪着来陪他练，希望练完功夫，他也陪他们去玩玩牌九。有一天，他发了怒："我的钱是留着买枪的！滚蛋！"

买枪！买枪！买枪！一会儿传遍了村里村外。长老们的心要从口中跳出来！

忽然的，王二铁不见了。

买枪去了！买枪去了！大家争着代他宣传，而且猜测枪到了手以后，二铁究竟要干什么。有人为这个事打了赌。

过了一个多月，大家都等得不耐烦了，二铁才满头大汗的走了回来。他已脱了孝衣而穿上一身阴丹士林的新蓝裤褂。大家马上都变成了侦探，想设法看到他的手枪。假若他把枪带在腰间，就应当很容易被看到，因为他只穿着一身单裤褂。可是，大家谁也没能发现什么。他有时候打赤背，腰间除了一根宽宽的硬带子，什么也没有。

放牛的孩子们，渐渐成了重要人物。二铁常常独自走出很远，而村子里的人起着誓说，他们千真万确的听到远处有枪声。这一定是二铁在荒僻的地方打靶吧，或者，哼，也许是劫人呢！大人没有工夫，放牛的孩子们会拐弯抹角的盯梢。孩子们虽然也没亲眼看见二铁真的在某处打靶，或劫人，可是他们的报告总会供给大家以疑神疑鬼——这自然是很有趣的——的资料。

六月底，二铁想卖掉他的三间土房。没有人敢买。碰了几个钉子之后，他把村长——一位五十多岁而还吃斤饼斤面的干巴老头儿——象窦尔敦拉黄天霸似的，拉到自己的门前。把村长按在磨盘上，他坐在一束高粱秆儿上。开门见山的，他告诉村长：

"我卖这三间土房，马上用钱，你给我卖！"

村长用象老树根子的手指，梳了梳短须而后摇了摇头。

"你不管？"二铁立起来。

"我知道你要干什么呢？"

"那你不用管，"二铁往前凑了一步。"我问你，要这三间土房不要？"

村长又微微摇了摇头。

二铁又往前凑了一步。手往腰门按了按。

"二铁！"村长咽了一口唾沫。"二铁！你是个好孩子，有力气，有本事，为什么不好好的成个家，生儿养女，象个人似的呢？卖房子卖地，你对得起你的老人们吗？你说！"

二铁的眼看着地上的一条花毛虫，只看了一秒钟。然后他的眼对准了村长的，眼珠和脸都忽然的更黑了。"你知道我是谁吗？"

"废话！你难道不是二铁？"

"我是康小八！我黑，我矮，我有力气，我腿快，我还有枪！"他喘了一口气。"这个破村子留不住我，我要上大城里去作个好汉！赶明儿个，你听说大城里头又出了康小八，那就是我！先不用害怕，我不在这个破村子里吓吓你们土头土脑的人。我要站在前门外头，劫两辆汽车，给你们看看！"

"噢！"老头儿慢慢的立起来，想要走开。

二铁一把抓住老者的腕子。"别走！这三间房子怎么办？为这屁股大的一点地和这间臭房，就值得我干一辈子的吗？"

"我，我不管！康小八是个贼！"

"什么？"二铁的手握紧了些。

"我是说呀！"老人故意的拿腔作调，"康小八是个贼，好人不作贼！"

二铁的手去摸枪。他晓得康小八永远是先开枪，免得多费话。

老人笑了笑，镇静而温和的说："告诉你，二铁，而今不是那个年头了。想当初，康小八有枪，别人没有，所以能横行霸道，大闹北京城。而今，枪不算什么稀罕物儿了，恐怕你施展不开。我说的是实话，听不听随你！"说完，老人又微笑了笑，从容的夺出自己的手来，慢慢的走开。

二铁愣住了。他的脑子——没受过任何训练——是不会细想什么的。平日，只凭心血来潮，要作什么就作了，结果如何，全不考虑。今天，听到村长的话，他的心中凉了一下，把要掏枪就打的热劲儿减低了许多度。他的手离开了枪。心中好象要想什么。但是，他没有思索的习惯，心中只觉得发堵，不，他不能这样轻易屈服，他得作点什么，使心中畅快。他极快的掏出枪来，赶上几步，高声的喊道：

"你站住！"

村长站定了。

"这三间土房，交给你看着。能卖就卖；不能卖，你给看着！不听话，你看这个！"二铁举起枪来，砰！一颗子弹打进老榆树的干子去。"我走啦，再回来的时候，我就是真正的康小八了！"说罢，他几乎是擦着村长的肩头，迈着大步，向南走去，枪还在手中提着。村人听到枪响，争着往门外跑，可是一看见提着枪的二铁，又都把头缩回门里去。

走到了安定门的关厢，二铁还打听哪里是北平呢。及至听到"这就是北平"，他还不敢相信。在他的心中，北平到处是宝石砌的墙，街上的树都是一两丈高的珊瑚，怎么这个关厢也这么稀松平常呢？更使他伤心的是他已经看到拿枪的人，保安队，宪兵，都有枪！事前不详加考虑的人，后悔也最快。他后悔了。不错，凭他那四五亩田，和三间土房，他辛苦的干一辈子恐怕连个老婆也混不上，更不要说作什么英雄好汉了。可是，现在他还没有看到有饭碗大的金刚钻，与比馒头还大的金钉子的皇宫内院，而已经看到许多的枪，长的短的，还有明晃晃的刺刀。他晓得，要是不拿家伙而专比拳脚，上来十个八个壮汉，他也不在乎。可是，若是十来枝枪围住他，他该怎么办呢？枪弹把老榆树都一打一个深洞啊！他想拨转马头回家。可是他的脚还往前走。不能回家。回家只有放牛，耕地，流汗，吃棒子面与打那毫无结果的架。北平才是藏龙卧虎的地方，尽管枪多，好汉总还是好汉。他进了安定门。

打听明白天桥儿是在正南，他便一直的奔了天桥去。在城里，看见汽车，电车，金匾的大铺子，他高兴的多了。一边走，一边盘算，假若他单人独马去劫一辆车，或一家金店，岂不就等于劫皇饷，盗御马么？那些他所记得的红脸绿脸，有压耳毫，穿英雄氅的人们，在他心中出来进去，如同一出武戏。

在天桥儿，他还没敢作案。袋里有那点卖田地的钱，他吃了水爆羊肚，看了坤班的蹦蹦戏，还在练拳卖膏药，举双石头，和摔跤的场子上帮了场，表演了几次。不到三四天，这一带的流氓土混混几乎都知道了北京的康小八。酒肉朋友，一天就能拜两起儿盟兄弟。二铁——北京的康小八——的嘴虽不大伶俐，可是腰里很硬。大家不但知道他腰里有钱，而且有手枪。当他被大家灌醉了的时候，大家故意的探问：“钱花光了怎办呢？”

他的黑脸被酒力催的，变成黑紫，他本想不回答这问题，可是嘴不听使，极快的说出来：“我有枪，我是康小八！”

他的盟兄弟们已经不是梁山泊上的一百单八将了。他们在七七的前夕把他卖给了侦缉队。

他开枪拒捕，走出了永定门。

在小破土庙里，他倚着供桌打了一个盹。睁眼，已经天亮了。他很高兴这样无心中的开了张。从此，他的一切就专凭他的胆量与手枪了。他不能再拐弯，眼前的道路象摆好了的火车道，他只有象火车似的叮叮唱唱的循轨前进。他已经是一条好汉了，只须再作几件胆大手狠的事，便成了惊天动地的英雄好汉。

不凑巧，芦沟桥的炮声震动了全世界，谁还注意什么康小八不康小八呢。北平所有的枪都准备着向敌人射击，只有二铁还梦想着用他自己的那枝小黑东西去劫一辆汽车。

他不明白大家的愤怒、惊疑、吼叫、痛哭、咒骂都是为了什么。他一心一意的想教大家叫他作八太爷而人们却全都诅咒着日本人。噢，日本人，他自己也憎恶日本人。今天，他的八太爷的称号与威风被日本人压下去，所以就可恨日本人了。他是不是应当去和日本人干干，教日本人也晓得他是八太爷呢？他不能决定。他的脑子不够用的了。

他安然的回到天桥儿，仿佛他从未开过枪，拒过捕似的。找到了出卖他的人，他想再试一试枪，增加一点威风。可是，他们并毫无惧色。他们众口一音的说；"咱们这点臭事算得了什么呢？有本事打日本人去！"

听到这种话，他分辨不出大家是激他，还是怕他。他只觉得这样的话似乎能往他心里去，使他没法不留下子弹，另有用途。

北平沦陷。当大队日本坦克车和步兵由南苑向永定门进行时，二铁在城外，趴在路旁的一株柳树后面。极快的他把子弹全射了出去。还没等日本鬼们来提他，他已一跃而出："孙子们，好汉作事好汉当，我是康八太爷！"

他本想日本人会把他拖到菜市口，他好睁着眼看自己怎么死。在死的以前，他会喊喝："我打死他们六个，死得值不值？"等大家喝完了彩，他再说："到大柳庄去传个信，我王二铁真成了康八太爷！"

可是，多少刺刀齐刺进他的肉。东洋的武士不晓得康小八，他们的武士道也不了解康小八的胆气与刚强。

不成问题的问题

任何人来到这里——树华农场——他必定会感觉到世界上并没有什么战争，和战争所带来的轰炸、屠杀，与死亡。专凭风景来说，这里真值得被称为乱世的桃源。前面是刚由一个小小的峡口转过来的江，江水在冬天与春天总是使人愿意跳进去的那么澄清碧绿。背后是一带小山。山上没有什么，除了一丛丛的绿竹矮树，在竹、树的空处往往露出赭色的块块儿，象是画家给点染上的。

小山的半腰里，那青青的一片，在青色当中露出一两块白墙和二三屋脊的，便是树华农场。江上的小渡口，离农场大约有半里地，小船上的渡客，即使是往相反的方向去的，也往往回转头来，望一望这美丽的地方。他们若上了那斜着的坡道，就必定向农场这里指指点点，因为树上半黄的橘柑，或已经红了的苹果，总是使人注意而想夸赞几声的。到春暖花开的时候，或遇到什么大家休假的日子，城里的士女有时候也把逛一逛树华农场作为一种高雅的举动，而这农场的美丽恐怕还多少地存在一些小文与短诗之中咧。

创办一座农场必定不是为看着玩的：那么，我们就不能专来谀赞风景而忽略更实际一些的事儿了。由实际上说，树华农场的用水是没有问题的，因为江就在它的脚底下。出品的运出也没有问题。它离重庆市不过三十多里路，江中可以走船，江边上也有小路。它的设备是相当可观的：有鸭鹅池、有兔笼、有花畦、有菜圃、有牛羊圈、有果园。鸭蛋、鲜花、青菜、水果、牛羊乳……都正是象重庆那样的都市所必需的东西。况且，它的创办正在抗战的那一年：重庆的人口，在抗战后，一天比一天多；所以需要的东西，象青菜与其他树华农场所产生的东西，自然的也一天比一天多。赚钱是没有问题的。

从渡口上的坡道往左走不远，就有一些还未完全风化的红石，石旁生着几丛细竹。到了竹丛，便到了农场的窄而明洁的石板路。离竹丛不远，相对的长着两株青松，松树上挂着两面粗粗刨平的木牌，白漆漆着"树华农场"。石板路边，靠江的这一面，都是花；使人能从花的各种颜色上，慢慢地把眼光移到碧绿的江水上面去。靠山的一面是许多直立的扇形的葡萄架，架子的后面是各种果树。走完了石板路，有一座不甚高，而相当宽的藤萝架，这便是农场的大门，横匾上刻着"树华"两个隶字。进了门，在绿草上，或碎石堆花的路上，往往能看见几片柔软而轻的鸭鹅毛，因为鸭鹅的池塘便在左手方。这里的鸭是纯白而肥硕的，真正的北平填鸭。对着鸭池是平平的一个坝子，满种着花草与菜蔬。在坝子的末端，被竹树掩覆着，是办公厅。这是相当坚固而十分雅致的一所两层的楼房，花果的香味永远充满了全楼的每一角落。牛羊圈和工人的草舍又在楼房的后边，时时有羊羔悲哀地啼唤。

这一些设备，教农场至少要用二十来名工人。可是，以它的生产能力，和出品销路的良好来说，除了一切开销，它还应当赚钱。无论是内行人还是外行人，只要看过这座农场，大概就不会想象到这是赔钱的事业。

然而，树华农场赔钱。

创办的时候，当然要往"里"垫钱。但是，鸡鸭、青菜、鲜花、牛羊乳，都是不需要很长的时间就可以在利润方面有些数目字的。按照行家的算盘上看，假若第二年还不十分顺利的话，至迟在第三年的开始就可以绝对地看赚了。

可是，树华农场的赔损是在创办后的第三年。在第三年首次股东会议的时候，场长与股东们都对着账簿发了半天的楞。

赔点钱，场长是绝不在乎的，他不过是大股东之一，而被大家推举出来作场长的。他还有许多比这座农场大的多的事业。可是，即使他对这小小的事业赔赚都不在乎，即使他一走到院中，看看那些鲜美的花草，就把赔钱的事忘得一干二净，他现在——在股东会上——究竟有点不大好过。他自信是把能手，他到处会赚钱，他是大家所崇拜的实业家。农场赔钱？这伤了他的自尊心。他赔点钱，股东他们赔点钱，都没有关系：只是，下不来台！这比什么都要紧！

　　股东们呢，多数的是可以与场长立在一块儿呼兄唤弟的。他们的名望、资本、能力，也许都不及场长，可是在赔个万儿八千块钱上来说，场长要是沉得住气，他们也不便多出声儿。很少数的股东的确是想投了资，赚点钱，可是他们不便先开口质问，因为他们股子少，地位也就低，假若粗着脖子红着筋地发言，也许得罪了场长和大股东们——这，恐怕比赔点钱的损失还更大呢。

　　事实上，假若大家肯打开窗子说亮话，他们就可以异口同声地，确凿无疑地，马上指出赔钱的原因来。原因很简单，他们错用了人。场长，虽然是场长，是不能、不肯、不会、不屑于到农场来监督指导一切的。股东们也不会十趟八趟跑来看看的——他们只愿在开会的时候来作一次远足，既可以欣赏欣赏乡郊的景色，又可以和老友们喝两盅酒，附带地还可以露一露股东的身份。除了几个小股东，多数人接到开会的通知，就仿佛在箱子里寻找迎节当令该换的衣服的时候，偶然的发现了想不起怎么随手放在那里的一卷钞票——"呕，这儿还有点玩艺儿呢！"

　　农场实际负责任的人是丁务源，丁主任。

　　丁务源，丁主任，管理这座农场已有半年。农场赔钱就在这半年。

　　连场长带股东们都知道，假若他们脱口而出地说实话，他们就必定在口里说出"赔钱的原因在——"的时节，手指就确切无疑地伸出，指着丁务源！丁务源就在一旁坐着呢。

　　但是，谁的嘴也没动，手指自然也就无从伸出。

　　他们，连场长带股东，谁没吃过农场的北平大填鸭，意大利种的肥母鸡，琥珀心的松花，和大得使儿童们跳起来的大鸡蛋鸭蛋？谁的瓶里没有插过农场的大枝的桂花、腊梅、红白梅花，和大朵的起楼子的芍药，牡丹与茶花？谁的盘子里没有盛过使男女客人们赞叹的山东大白菜，绿得象翡翠般的油菜与嫩豌豆？

这些东西都是谁送给他们的？丁务源！

再说，谁家落了红白事，不是人家丁主任第一个跑来帮忙？谁家出了不大痛快的事故，不是人家丁主任象自天而降的喜神一般，把大事化小，小事化无？

是的，丁主任就在这里坐着呢。可是谁肯伸出指头去戳点他呢？

什么责任问题，补救方法，股东会都没有谈论。等到丁主任预备的酒席吃残，大家只能拍拍他的肩膀，说声"美满闭会"了。

丁务源是哪里的人？没有人知道。他是一切人——中外无别——的乡亲。他的言语也正配得上他的籍贯，他会把他所到过的地方的最简单的话，例如四川的"啥子"与"要得"，上海的"唔啥"，北平的"妈啦巴子"……都美好的联结到一处，变成一种独创的"国语"；有时候也还加上一半个"孤得"，或"夜司"，增加一点异国情味。

四十来岁，中等身量，脸上有点发胖，而肉都是亮的，丁务源不是个俊秀的人，而令人喜爱。他脸上那点发亮的肌肉，已经教人一见就痛快，再加上一对光满神足，顾盼多姿的眼睛，与随时变化而无往不宜的表情，就不只讨人爱，而且令人信任他了。最足以表现他的天才而使人赞叹不已的是他的衣服。他的长袍，不管是绸的还是布的，不管是单的还是棉的，永远是半新半旧的，使人一看就感到舒服；永远是比他的身材稍微宽大一些，于是他垂着手也好，揣着手也好，掉背着手更好，老有一些从容不迫的气度。他的小褂的领子与袖口，永远是洁白如雪；这样，即使大褂上有一小块油渍，或大襟上微微有点折绉，可是他的雪白的内衣的领与袖会使人相信他是最爱清洁的人。他老穿礼服呢厚白底子的鞋，而且裤脚儿上扎着绸子带儿；快走，那白白的鞋底与颤动的腿带，会显出轻灵飘洒；慢走，又显出雍容大雅。长袍，布底鞋，绸子裤脚带儿合在一处，未免太老派了，所以他在领子下面插上了一支派克笔和一支白亮的铅笔，来调和一下。

他老在说话，而并没说什么。"是呀"，"要得么"，"好"，这些小字眼被他轻妙地插在别人的话语中间，就好象他说了许多话似的。到必要时，他把这些小字眼也收藏起来，而只转转眼珠，或轻轻一咬嘴唇，或给人家从衣服上弹去一点点灰。这些小动作表现了关切、同情、用心，比说话的效果更大得多。遇见大事，他总是斩钉截铁地下这样的结论——没有问题，绝对的！说完这一声，他便把问题放下，而闲扯些别的，使对方把忧虑与关切马上忘掉。等到对方满意地告别了，他会倒头就睡，睡三四个钟头；醒来，他把那件绝对没有问题的事忘得一干二净。直等到那个人又来了，他才想起原来曾经有过那么一回事，而又把对方热诚地送走。事情，照例又推在一边。及至那个人快恼了他的时候，他会用农场的出品使朋友仍然和他和好。天下事都绝对没有问题，因为他根本不去办。

他吃得好，穿得舒服，睡得香甜，永远不会发愁。他绝对没有任何理想，所以想发愁也无从发起。他看不出彼此敷衍有什么不对的地方。他只知道敷衍能解决一切，至少能使他无忧无虑，脸上胖而且亮。凡足以使事情敷衍过去的手段，都是绝妙的手段。当他刚一得到农场主任的职务的时候，他便被姑姑老姨舅爷，与舅爷的舅爷包围起来，他马上变成了这群人的救主。没办法，只好一一敷衍。于是一部分有经验的职员与工人马上被他"欢送"出去，而舅爷与舅爷的舅爷都成了护法的天使。占据了地上的乐园。

没被辞退的职员与园丁，本都想辞职。可是，丁主任不给他们开口的机会。他们由书面上通知他，他连看也不看。于是，大家想不辞而别。但是，赶到真要走出农场时，大家的意见已经不甚一致。新主任到职以后，什么也没过问，而在两天之中把大家的姓名记得飞熟，并且知道了他们的籍贯。

"老张！"丁主任最富情感的眼，象有两条紫外光似的射到老张的心里，"你是广元人呀？乡亲！硬是要得！"丁主任解除了老张的武装。

"老谢！"丁主任的有肉而滚热的手拍着老谢的肩膀，"呕，恩施？好地方！乡亲！要得么！"于是，老谢也缴了械。

多数的旧人们就这样受了感动，而把"不辞而别"的决定视为一时的冲动，不大合理。那几位比较坚决的，看朋友们多数鸣金收兵，也就不便再说什么，虽然心里还有点不大得劲儿。及至丁主任的胖手也拍在他们的肩头上，他们反觉得只有给他效劳，庶几乎可以赎出自己的行动幼稚、冒昧的罪过来。"丁主任是个朋友！"这句话即使不便明说，也时常在大家心中飞来飞去，象出笼的小鸟，恋恋不忍去似的。

　　大家对丁主任的信任心是与时俱增的。不管大事小事，只要向丁主任开口，人家丁主任是不会眨眨眼或愣一愣再答应的。他们的请托的话还没有说完，丁主任已说了五个"要得"。丁主任受人之托，事实上，是轻而易举的。比方说，他要进城——他时常进城——有人托他带几块肥皂。在托他的人想，丁主任是精明人，必能以极便宜的价钱买到极好的东西。而丁主任呢，到了城里，顺脚走进那最大的铺子，随手拿几块最贵的肥皂。拿回来，一说价钱，使朋友大吃一惊。"货物道地，"丁主任要交代清楚，"你晓得！多出钱，到大铺子去买，吃不了亏！你不要，我还留着用呢！你怎样？"怎能不要呢，朋友只好把东西接过去，连声道谢。

　　大家可是依旧信任他。当他们暗中思索的时候，他们要问：托人家带东西，带来了没有？带来了。那么人家没有失信。东西贵，可是好呢。进言无二价的大铺子买东西，谁不会呢，何必托他？不过，既然托他，他——堂堂的丁主任——岂是挤在小摊子上争钱讲价的人？这只能怪自己，不能怪丁主任。

　　慢慢地，场里的人们又有耳闻：人家丁主任给场长与股东们办事也是如此。不管办个"三天"，还是"满月"，丁主任必定闻风而至，他来到，事情就得由他办。烟，能买"炮台"就买

"炮台"，能买到"三五"就是"三五"。酒，即使找不到"茅台"与"贵妃"，起码也是绵竹大曲。饭菜，呕，先不用说饭菜吧，就是糖果也必得是冠生园的，主人们没法挑眼。不错，丁主任的手法确是太大；可是，他给主人们作了脸哪。主人说不出话来，而且没法不佩服丁主任见过世面。有时候，主妇们因为丁主任太好铺张而想表示不满，可是丁主任送来的礼物，与对她们的殷勤，使她们也无从开口。她们既不出声，男人们就感到事情都办得合理，而把丁主任看成了不起的人物。这样，丁主任既在场长与股东们眼中有了身份，农场里的人们就不敢再批评什么；即使吃了他的亏，似乎也是应当的。

　　及至丁主任作到两个月的主任，大家不但不想辞职，而且很怕被辞了。他们宁可舍着脸去逢迎谄媚他，也不肯失掉了地位。丁主任带来的人，因为不会作活，也就根本什么也不干。原有的工人与职员虽然不敢照样公然怠工，可是也不便再象原先那样实对实地每日作八小时工。他们自动把八小时改为七小时，慢慢地又改为六时，五小时。赶到主任进城的时候，他们干脆就整天休息。休息多了，又感到闷得慌，于是麻将与牌九就应运而起；牛羊们饿得乱叫，也压不下大家的欢笑与牌声。有一回，大家正赌得高兴，猛一抬头，丁主任不知道什么时候人不知鬼不觉地站在老张的后边！大家都愣了！

　　"接着来，没关系！"丁主任的表情与语调顿时教大家的眼都有点发湿。"干活是干活，玩是玩！老张，那张八万打得好，要得！"

大家的精神，就象都刚胡了满贯似的，为之一振。有的人被感动得手指直颤。

大家让主任加入。主任无论如何不肯破坏原局。直等到四圈完了，他才强被大家拉住，改组。"赌场上可不分大小，赢了拿走，输了认命，别说我是主任，谁是园丁！"主任挽起雪白的袖口，微笑着说。大家没有异议。"还玩这么大的，可是加十块钱的望子，自摸双？"大家又无异议。新局开始。主任的牌打得好。不但好，而且牌品高，打起牌来，他一声不出，连"要得"也不说了。他自己和牌，轻轻地好象抱歉似的把牌推倒。别人和牌，他微笑着，几乎是毕恭毕敬地递过筹码去。十次，他总有八次赢钱，可是越赢越受大家敬爱；大家仿佛宁愿把钱输给主任，也不愿随便赢别人几个。把钱输给丁主任似乎是一种光荣。

不过，从实际上看，光荣却不象钱那样有用。钱既输光，就得另想生财之道。由正常的工作而获得的收入，谁都晓得，是有固定的数目。指着每月的工资去与丁主任一决胜负是作不通的。虽然没有创设什么设计委员会，大家可是都在打主意，打农场的主意。主意容易打，执行的勇气却很不易提起来。可是，感谢丁主任，他暗示给大家，农场的东西是可以自由处置的。没看见吗，农场的出品，丁主任都随便自己享受，都随便拿去送人。丁主任是如此，丁主任带来的"亲兵"也是如此，那么，别人又何必分外的客气呢？

于是，树华农场的肥鹅大鸭与油鸡忽然都罢了工，不再下蛋，这也许近乎污蔑这一群有良心的动物们，但是农场的账簿上千真万确看不见那笔蛋的收入了。外间自然还看得见树华的有名的鸭蛋——为孵小鸭用的——可是价钱高了三倍。找好鸭种的人们都交头接耳地嘀咕："树华的填鸭鸭蛋得托人情才弄得到手呢。"在这句话里，老张、老谢、老李都成了被恳托的要人。

在蛋荒之后，紧接着便是按照科学方法建造的鸡鸭房都失了科学的效用。树华农场大闹黄鼠狼，每晚上都丢失一两只大鸡或肥鸭。有时候，黄鼠狼在白天就出来为非作歹，而在他们最猖獗的时间，连牛犊和羊羔都被劫去；多么大的黄鼠狼呀！

鲜花、青菜、水果的产量并未减少，因为工友们知道完全不工作是自取灭亡。在他们赌输了，睡足了之后，他们自动地努力工作，不是为公，而是为了自己。不过，产量虽未怎么减少，农场的收入却比以前差的多了。果子、青菜，据说都闹虫病。果子呢，须要剔选一番，而后付运，以免损害了农场的美誉。不知道为什么那些落选的果子仿佛更大更美丽一些，而先被运走。没人能说出道理来，可是大家都喜欢这么作。菜蔬呢，以那最出名的大白菜说吧，等到上船的时节，三斤重的就变成了一斤或一斤多点；那外面的大肥叶子——据说是受过虫伤的——都被剥下来，洗净，另捆成一把一把的运走，当作"猪菜"卖。这种猪菜在市场上有很高的价格。

这些事，丁主任似乎知道，可没有任何表示，当夜里闹黄鼠狼子的时候，即使他正醒着，听得明明白白，他也不会失去身份地出来看看。及至次晨有人来报告，他会顺口答音地声明："我也听见了，我睡觉最警醒不过！"假若他高兴，他会继续说上许多关于黄鼬和他夜间怎样警觉的故事，当被黄鼬拉去而变成红烧的或清炖的鸡鸭，摆在他的面前，他就绝对不再提黄鼬，而只谈些烹饪上的问题与经验，一边说着，一边把最肥的一块鸭夹起来送给别人："这么肥的鸭子，非挂炉烧烤不够味；清炖不相宜，不过，汤还要得！"他极大方地尝了两口汤。工人们若献给他钱——比如卖猪菜的钱——他绝对不肯收。"咱们这里没有等级，全是朋友；可是主任到底是主任，不能吃猪菜的钱！晚上打几圈儿好啦！要得吗？"他自己亲热地回答上，"要得！"把个"得"字说得极长。几圈麻将打过后，大家的猪菜钱至少有十分之八，名正言顺地入了主任的腰包。当一五一十的收钱的时候，他还要谦逊地声明："咱们的牌都差不多，谁也说不上高明。我的把弟孙宏英，一月只打一次就够吃半年的。人家那才叫会打牌！不信，你给他个司长，他都不作，一个月打一次小牌就够了！"

秦妙斋从十五岁起就自称为宁夏第一才子。到二十多岁，看"才子"这个词儿不大时兴了，乃改称为全国第一艺术家。据他自己说，他会雕刻、会作画、会弹古琴与钢琴、会作诗、小说，与戏剧：全能的艺术家。可是，谁也没有见过他雕刻，画图，弹琴，和作文章。

在平时，他自居为艺术家，别人也就顺口答音地称他为艺术家，倒也没什么。到了抗战时期，正是所谓国乱显忠臣的时候，艺术家也罢,科学家也罢,都要拿出他的真正本领来报效国家,而秦妙斋先生什么也拿不出来。这也不算什么。假若他肯虚心地去学习,说不定他也许有一点天才,能学会画两笔,或作些简单而通俗的文字,去宣传抗战,或者,干脆放弃了天才的梦,而脚踏实地地去作中小学的教师,或到机关中服务,也还不失为尽其在我。可是他不肯去学习,不肯去吃苦,而只想飘飘摇摇地作个空头艺术家。

他在抗战后,也曾加入艺术家们的抗战团体。可是不久便冷淡下来,不再去开会。因为在他想,自己既是第一艺术家,理当在各团体中取得领导的地位。可是,那些团体并没有对他表示敬意。他们好象对他和对一切好虚名的人都这么说:谁肯出力作抗战工作,谁便是好朋友;反之,谁要是借此出风头,获得一点虚名与虚荣,谁就乘早儿退出去。秦妙斋退了出来。但是,他不甘寂寞。他觉得这样的败退,并不是因为自己的浅薄虚伪,而是因为他的本领出众,不见容于那些妒忌他的人们。他想要独树一帜,自己创办一个什么团体,去过一过领导的瘾。这,又没能成功,没有人肯听他号召。在这之后,他颇费了一番思索,给自己想出两个字来:清高。当他和别人闲谈,或独自呻吟的时候,他会很得意地用这两个字去抹杀一切,而抬高自己:"而今的一般自命为艺术家的,都为了什么?什么也不为,除了钱!真正懂得什么叫作清高的是谁?"他的鼻尖对准了自己的胸口,轻轻地点点头。"就连那作教授的也算不上清高,教授难道不拿薪水么?……"可是"你怎么活着呢?你的钱从什么地方来呢?"有那心直口快的这么问他。"我，我，"他有点不好意思，而不能回答："我爸爸给我！"

是的，秦妙斋的父亲是财主。不过，他不肯痛快地供给儿子钱化。这使秦妙斋时常感到痛苦。假若不是被人家问急了，他不肯轻易的提出"爸爸"来。就是偶尔地提到，他几乎要把那个最有力量的形容字——不清高——也加在他的爸爸头上去！

按照着秦老者的心意，妙斋应当娶个知晓三从四德的老婆，而后一扑纳心地在家里看守着财产。假若妙斋能这样办，哪怕就是吸两口鸦片烟呢，也能使老人家的脸上纵起不少的笑纹来。可是，有钱的老子与天才的儿子仿佛天然是对头。妙斋不听调遣。他要作诗，画画，而且——最使老人伤心的——他不愿意在家里蹲着。老人没有旁的办法，只好尽量地勒着钱。尽管妙斋的平信，快信，电报，一齐来催钱，老人还是毫不动感情地到月头才给儿子汇来"点心费"。这点钱，到妙斋手里还不够还债的呢。我们的诗人，是感受着严重的压迫。挣钱去吧，既不感觉趣味，又没有任何本领；不挣钱吧，那位不清高的爸爸又是这样的吝啬！金钱上既受着压迫，他满想在艺术界活动起来，给精神上一点安慰。而艺术界的人们对他又是那么冷淡！他非常的灰心。有时候，他颇想摹仿屈原，把天才与身体一齐投在江里去。投江是件比较难于作到的事。于是，他转而一想，打算作个青年的陶渊明。"顶好是退隐！顶好！"他自己念道着。"世人皆浊我独清！只有退隐，没别的话好讲！"

高高的个子，长长的脸，头发象粗硬的马鬃似的，长长的，乱七八糟的，披在脖子上。虽然身量很高，可好象里面没有多少骨头，走起路来，就象个大龙虾似的那么东一扭西一躬的。眼睛没有神，而且爱在最需要注意的时候闭上一会儿，仿佛是随时都在作梦。

作着梦似的秦妙斋无意中走到了树华农场。不知道是为欣赏美景，还是走累了，他对着一株小松叹了口气，而后闭了会儿眼。

也就是上午十一点钟吧，天上有几缕秋云，阳光从云隙发出一些不甚明的光，云下，存着些没有完全被微风吹散的雾。江水大体上还是黄的，只有江岔子里的已经静静地显出绿色。葡萄的叶子就快落净，茶花已顶出一些红瓣儿来。秦妙斋在鸭塘的附近找了块石头，懒洋洋地坐下。看了看四下里的山、江、花、草，他感到一阵难过。忽然地很想家，又似乎要作一两句诗，仿佛还有点触目伤情……这时候，他的感情极复杂，复杂到了既象万感俱来，又象茫然不知所谓的程度。坐了许久，他忽然在复杂混乱的心情中找到可以用话语说出来的一件事来。"我应当住在这里！"他低声对自己说。这句话虽然是那么简短，可是里边带着无限的感慨。离家，得罪了父亲，功未成，名未就……只落得独自在异乡隐退，想住在这静静的地方！他呆呆地看着池里的大白鸭，那洁白的羽毛，金黄的脚掌，扁而象涂了一层蜡的嘴，都使他心中更混乱，更空洞，更难过。这些白鸭是活的东西，不错；可是他们干吗活着呢？正如同天生下我秦妙斋来，有天才，有志愿，有理想，但是都有什么用呢？想到这里，他猛然的，几乎是身不由己的，立了起来。他恨这个世界，恨这个不叫他成名的世界！连那些大白鸭都可恨！他无意中地、顺手地捋下一把树叶，揉碎，扔在地上。他发誓，要好好地，痛快淋漓地写几篇文字，把那些有名的画家、音乐家、文学家都骂得一个小钱也不值！那群不清高的东西！

他向办公楼那面走，心中好象在说："我要骂他们！就在这里，这里，写成骂他们的文章！"

丁主任刚刚梳洗完，脸上带着夜间又赢了钱的一点喜气。他要到院中吸点新鲜空气。安闲地，手揣在袖口里，象采菊东篱下的诗人似的，他慢慢往外走。

在门口，他几乎被秦妙斋撞了个满怀。秦妙斋，大龙虾似的，往旁边一闪；照常往里走。他恨这个世界，碰了人就和碰了一块石头或一株树一样，只有不快，用不着什么客气与道歉。

丁主任，老练，安详，微笑地看着这位冒失的青年龙虾。"找谁呀？"他轻轻问了声。

秦妙斋稍一愣，没有答理他。

丁主任好象自言自语地说，"大概是个画家。"

秦妙斋的耳朵仿佛是专为听这样的话的，猛地立住，向后转，几乎是喊叫地，"你说什么？"

丁主任不知道自己的话是说对了，还是说错了，可是不便收回或改口。迟顿了一下，还是笑着："我说，你大概是个画家。"

"画家？画家？"龙虾一边问，一边往前凑，作着梦的眼睛居然瞪圆了。

丁先生不晓得怎样回答才好，只啊啊了两声。

妙斋的眼角上汪起一些热泪，口中的热涎喷到丁主任的脸上："画家，我是——画家，你怎么知道？"说到这里，他仿佛已筋疲力尽，象快要晕倒的样子，摇晃着，摸索着，找到一只小凳，坐下，闭上了眼睛。

丁主任还笑着，可是笑得莫名其妙，往前凑了两步。还没走到妙斋的身边，妙斋的眼睛睁开了。"告诉你，我还不仅是画家，而且是全能的艺术家！我都会！"说着，他立起来，把右手扶在丁主任的肩上。"你是我的知己！你只要常常叫我艺术家，我就有了生命！生我者父母，知我者——你是谁？"

"我？"丁主任笑着回答。"小小园丁！"

"园丁？"

"我管着这座农场！"丁主任停住了笑。"你姓什么！"毫不客气地问。

"秦妙斋，艺术家秦妙斋。你记住，艺术家和秦妙斋老得一块儿喊出来；一分开，艺术家和我就都不存在了！"

"呕！"丁主任的笑意又回到脸上，进了大厅，眼睛往四面一扫——壁上挂着些时人的字画。这些字画都不甚高明，也不十分丑恶。在丁主任眼中，它们都怪有个意思，至少是挂在这里总比四壁皆空强一些。不过，他也有个偏心眼，他顶爱那张长方的，石印的抗战门神爷，因为色彩鲜明，"真"有个意思。他的眼光停在那片色彩上。

随着丁主任的眼，妙斋也看见了那些字画，他把眼光停在了那张抗战画上。当那些色彩分明地印在了他的心上的时候，他觉到一阵恶心，象忽然要发痧似的，浑身的毛孔都象针儿刺着，出了点冷汗。定一定神，他扯着丁先生，扑向那张使他恶心的画儿去。发颤的手指，象一根挺身作战的小枪似的，指着那堆色彩："这叫画？这叫画？用抗战来欺骗艺术，该杀！该杀！"不由分说，他把画儿扯了下来，极快地撕碎，扔在地上，用脚狠狠地揉搓，好象把全国的抗战艺术家都踩在了泥土上似的。他痛快地吐了口气。

来不及拦阻妙斋的动作，丁主任只说了一串口气不同的"唉"！

妙斋犹有余怒，手指向四壁普遍的一扫："这全要不得！通通要不得！"

丁主任急忙挡住了他，怕他再去撕毁。妙斋却高傲地一笑："都扯了也没有关系，我会给你画！我给你画那碧绿的江、赭色的山、红的茶花、雪白的大鸭！世界上有那么多美丽的东西，为什么单单去画去写去唱血腥的抗战？混蛋！我要先写几篇文章，臭骂，臭骂那群污辱艺术的东西们。然后，我要组织一个真正艺术家的团体，一同主张——主张——清高派，暂且用这个名儿吧，清高派的艺术！我想你必赞同？"

"我？"丁主任不知怎样回答。

"你当然同意！我们就推你作会长！我们就在这里作画、治乐、写文章！"

"就在这里？"丁主任脸上有点不大得劲，用手摸了摸。

"就在这里！今天我就不走啦！"妙斋的嘴犄角直往外溅水星儿，"想想看，把这间大厅租给我，我爸爸有钱，你要多少我给多少。然后，我们艺术家们给你设计，把这座农场变成最美的艺术之家，艺术乐园！多么好！多么好！"

丁主任似乎得到一点灵感。口中随便用"要得""不错"敷衍着，心中可打开了算盘。在那次股东会上，虽然股东们对他没有什么决定的表示，可是他自己看得清清楚楚，大家对他多少有点不满意。他应当把事情调整一下，教大家看看，他不是没有办法的人。是呀，这里的大厅闲着没有用，楼上也还有三间空房，为什么不租出去，进点租钱呢？况且这笔租金用不着上账；即使教股东们知道了，大家还能为这点小事来质问吗？对！他决定先试一试这位艺术家。"秦先生，这座大厅咱们大家合用，楼上还有三间空房，你要就得都要，一年一万块钱，一次交清。"

妙斋闭了眼，"好啦，一言为定！我给爸爸打电报要钱。"

"什么时候搬进来？"丁主任有点后悔。交易这么容易成功，想必是要少了钱。但是，再一想，三间房，而且在乡下，一万元应当不算少。管它呢，先进一万再说别的！"什么时候搬进来？"

"现在就算搬进来了！"

"啊？"丁主任有点悔意了。"难道你不去拿行李什么的？"

"没有行李，我只有一身的艺术！"妙斋得意地哈哈地笑起来。

"租金呢？"

"那，你尽管放心：我马上打电报去！"

秦妙斋就这样的侵入了树华农场。不到两天，楼上已住满他的朋友。这些朋友，有男有女，有老有少，都时来时去，而绝对不客气。他们要床，便见床就搬了走；要桌子，就一声不响地把大厅的茶几或方桌拿了去。对于鸡鸭菜果，他们的手比丁主任还更狠，永远是理直气壮地拿起就吃。要摘花他们便整棵的连根儿拔出来。农场的工友甚至于须在夜间放哨，才能抢回一点东西来！

可是，丁主任和工友们都并不讨厌这群人。首要的因为这群人中老有女的，而这些女的又是那么大方随便，大家至少可以和他们开句小玩笑。她们仿佛给农场带来了一种新的生命。其次，讲到打牌，人家秦妙斋有艺术家的态度，输了也好，赢了也好，赌钱也好，赌花生米也好，一坐下起码二十四圈。丁主任原是不屑于玩花生米的，可是妙斋的热情感动了他，他不好意思冷淡地谢绝。

丁主任的心中老挂念着那一万元的租金。他时常调动着心思与语言，在最适当的机会暗示出催钱的意思。可是妙斋不接受暗示。虽然如此，丁主任可是不忍把妙斋和他的朋友撵了出去。一来是，他打听出来，妙斋的父亲的的确确是位财主；那么，假若财主一旦死去，妙斋岂不就是财产的继承人？"要把眼光放远一些！"丁主任常常这样警戒自己。二来是，妙斋与他的友人们，在实在没有事可干的时候，总是坐在大厅里高谈艺术。而他们的谈论艺术似乎专为骂人。他们把国内有名的画家、音乐家、文艺作家，特别是那些尽力于抗战宣传的，提名道姓地一个一个挨次咒骂。这，使丁主任闻所未闻。慢慢地，他也居然记住了一些艺术家的姓名。遇到机会，他能说上来他们的一些故事，仿佛他同艺术家们都是老朋友似的。这，使与他来往的商人或闲人感到惊异，他自己也得到一些愉快。还有，当妙斋们把别人咒腻了，他们会得意地提出一些社会上的要人来，"是的，我们要和他取得联络，来建设起我们自己的团体来！那，我可以写信给他；我要告诉明白了他，我们都是真正清高的艺术家！"……提到这些要人，他们大家口中的唾液都好象甜蜜起来，眼里发着光。"会长！"他们在谈论要人之后，必定这样叫丁主任："会长，你看怎样？"丁主任自己感到身量又高了一寸似的！他不由地怜爱了这群人，因为他们既可以去与要人取得联络，而且还把他自己视为要人之一！他不便发表什么意见，可是常常和妙斋肩并肩地在院中散步。他好象完全了解妙斋的怀才不遇，妙斋微叹，他也同情地点着头。二人成了莫逆之交！

丁主任爱钱，秦妙斋爱名，虽然所爱的不同，可是在内心上二人有极相近的地方，就是不惜用卑鄙的手段取得所爱的东西。因此，丁主任往往对妙斋发表些难以入耳的最下贱的意见，妙斋也好好地静听，并不以为可耻。

眨眨眼，到了阳历年。

除夕，大家正在打牌，宪兵从楼上抓走两位妙斋的朋友。

丁主任口里直说"没关系"，心中可是有点慌。他久走江湖，晓得什么是利，哪是害。宪兵从农场抓走了人，起码是件不体面的事，先不提更大的干系。

　　秦妙斋丝毫没感到什么。那两位被捕的人是谁？他只知道他们的姓名，别的一概不清楚。他向来不细问与他来往的人是干什么的。只要人家捧他，叫他艺术家，他便与人家交往。因此，他有许多来往的人，而没有真正的朋友。他们被捕去，他绝对没有想到去打听打听消息，更不用说去营救了。有人被捕去，和农场丢失两只鸭子一样无足轻重。本来嘛，神圣的抗战，死了那么多的人，流了那么多的血，他都无动于衷，何况是捕去两个人呢？当丁主任顺口搭音地盘问他的时候，他只极冷淡地说："谁知道！枪毙了也没法子呀！"

　　丁主任，连丁主任，也感到一点不自在了。口中不说，心里盘算着怎样把妙斋赶了出去。"好嘛，给我这儿招来宪兵，要不得！"他自己念道着。同时，他在表情上，举动上，不由地对妙斋冷淡多了。他有点看不起妙斋。他对一切不负责任，可是他心中还有"朋友"这个观念。他看妙斋是个冷血动物。

　　妙斋没有感觉出这点冷淡来。他只看自己，不管别人的表情如何，举动怎样。他的脑子只管计划自己的事，不管替别人思索任何一点什么。

　　慢慢地，丁主任打听出来：那两位被捕的人是有汉奸的嫌疑。他们的确和妙斋没有什么交情，但是他们口口声声叫他艺术家，于是他就招待他们，甚至于允许他们住在农场里。平日虽然不负责任，可是一出了乱子，丁主任觉出自己的责任与身份来。他依然不肯当面告诉妙斋："我是主任，有人来往，应当先告诉我一声。"但是，他对妙斋越来越冷淡。他想把妙斋"冰"了走。

到了一月中旬，局势又变了。有一天，忽然来了一位有势力、与场长最相好的股东。丁主任知道事情要不妙。从股东一进门，他便留了神，把自己的一言一笑都安排得象蜗牛的触角似的，去试探，警惕。一点不错，股东暗示给他，农场赔钱，还有汉奸随便出入，丁主任理当辞职。丁主任没有否认这些事实，可也没有承认。他说着笑着，态度极其自然。他始终不露辞职的口气。

股东告辞，丁主任马上找了秦妙斋去。秦妙斋是——他想——财主的大少爷，他须起码教少爷明白，他现在是替少爷背了罪名。再说，少爷自称为文学家，笔底下一定很好，心路也多，必定能替他给全体股东写封极得体的信。是的，就用全体职工的名义，写给股东们，一致挽留丁主任。不错，秦妙斋是个冷血动物；但是，"我走，他也就住不下去了！他还能不卖气力吗？"丁主任这样盘算好，每个字都裹了蜜似的，在门外呼唤："秦老弟！艺术家！"

秦妙斋的耳朵竖了起来，龙虾的腰挺直，他准备参加战争。世界上对他冷淡得太久了，他要挥出拳头打个热闹，不管是为谁，和为什么！"宁自一把火把农场烧得干干净净，我们也不能退出！"他喷了丁主任一脸唾沫星儿，倒好象农场是他一手创办起来似的。

丁主任的脸也增加了血色。他后悔前几天那样冷淡了秦妙斋，现在只好一口一个"艺术家"地来赎罪。谈过一阵，两个人亲密得很有些象双生的兄弟。最后，妙斋要立刻发动他的朋友："我们马上放哨，一直放到江边。他们假若真敢派来新主任，我就会教他怎么来，怎么滚回去！"同时，他召集了全体职工，在大厅前开会。他登在一块石头上，声色俱厉地演说了四十分钟。

妙斋在演说后，成了树华农场的灵魂。不但丁主任感激，就是职员与工友也都称赞他："人家姓秦的实在够朋友！"

大家并不是不知道，秦先生并不见得有什么高明的确切的办法。不过，闹风潮是赌气的事，而妙斋恰好会把大家感情激动起来，大家就没法不承认他的优越与热烈了。大家甚至于把他看得比丁主任还重要，因为丁主任虽然是手握实权，而且相当地有办法，可是他到底是多一半为了自己；人家秦先生呢，根本与农场无关，纯粹是路见不平，拔刀相助。这样，秦先生白住房、偷鸡蛋，与其他一切小小的罪过，都变成了理所当然的事。他，在大家的眼中，现在完全是个侠肠义胆的可爱可敬的人。

丁主任有十来天不在农场里。他在城里，从股东的太太与小姐那里下手，要挽回他的颓势。至于农场，他以为有妙斋在那里，就必会把大家团结得很坚固，一定不会有内奸，捣他的乱。他把妙斋看成了一座精神堡垒！等到他由城中回来，他并没对大家公开地说什么，而只时常和妙斋有说有笑地并肩而行。大家看着他们，心中都得到了安慰，甚至于有的人喊出："我们胜利了！"

农场糟到了极度。那喊叫"我们胜利了"的，当然更肆无忌惮，几乎走路都要模仿螃蟹；那稍微悲观一些的，总觉得事情并不能这么容易得到胜利，于是抱着干一天算一天的态度，而拼命往手中搂东西，好象是说："滚蛋的时候，就是多拿走一把小镰刀也是好的！"

旧历年是丁主任的一"关"。表面上，他还很镇定，可是喝了酒便爱发牢骚。"没关系！"他总是先说这一句，给自己壮起胆气来。慢慢地，血液循环的速度增加了，他身上会忽然出点汗。想起来了：张太太——张股东的二夫人——那里的年礼送少了！他愣一会儿，然后，自言自语地说："人事，都是人事；把关系拉好，什么问题也没有！"酒力把他的脑子催得一闪一闪的，忽然想起张三，忽然想起李四，"都是人事问题！"

新年过了，并没有任何动静。丁主任的心象一块石头落了地。新年没有过好，必须补充一下；于是一直到灯节，农场中的酒气牌声始终没有断过。

灯节后的那么一天，已是早晨八点，天还没甚亮。浓厚的黑雾不但把山林都藏起去，而且把低处的东西也笼罩起来，连房屋的窗子都象挂起黑的帘幕。在这大雾之中，有些小小的雨点，有时候飘飘摇摇地象不知落在哪里好，有时候直滴下来，把雾色加上一些黑暗。农场中的花木全静静地低着头，在雾中立着一团团的黑影。农场里没有人起来，梦与雾好象打成了一片。

大雾之后容易有晴天。在十点钟左右，雾色变成红黄，一轮红血的太阳时时在雾薄的时候露出来，花木叶子上的水点都忽然变成小小的金色的珠子。农场开始有人起床。秦妙斋第一个起来，在院中绕了一个圈子。正走在大藤萝架下，他看见石板路上来了三个人。最前面的是一位女的，矮身量，穿着不知有多少衣服，象个油篓似的慢慢往前走，走得很吃力。她的后面是个中年的挑伕，挑着一大一小两只旧皮箱，和一个相当大的、风格与那位女人相似的铺盖卷，挑伕的头上冒着热汗。最后，是一位高身量的汉子，光着头，发很长，穿着一身不体面的西服，没有大衣，他的肩有些向前探着，背微微有点弯。他的手里拿着个旧洋磁的洗脸盆。

秦妙斋以为是他自己的朋友呢，他立在藤萝架旁，等着和他们打招呼。他们走近了，不相识。他还没动，要细细看看那个女的，对女的他特别感觉兴趣。那个大汉，好象走得不耐烦了，想赶到前边来，可是石板路很窄，而挑伕的担子又微微的横着，他不容易赶过来。他想踏着草地绕过来，可是脚已迈出，又收了回去，好象很怕踏损了一两根青草似的。到了藤架前，女的立定了，无聊地，含怨地，轻叹了一声。挑伕也立住。大汉先往四下一望，而后挤了过来。这时候，太阳下面的雾正薄得象一片飞烟，把他的眉眼都照得发光。他的眉眼很秀气，可是象受过多少什么无情的折磨似的，他的俊秀只是一点残余。他的脸上有几条来早了十年的皱纹。他要把脸盆递给女人，她没有接取的意思。她仅"啊"了一声，把手缩回去。大概她还要夸赞这农场几句，可是，随着那声"啊"，她的喜悦也就收敛回去。阳光又暗了一些，他们的脸上也黯淡了许多。

那个女的不甚好看。可是，眼睛很奇怪，奇怪得使人没法不注意她。她的眼老象有甚么心事——象失恋，损伤了儿女或破产那类的大事——那样的定着，对着一件东西定视，好久才移开，又去定视另一件东西。眼光移开，她可是仿佛并没看到什么。当她注意一个人的时候，那个人总以为她是一见倾心，不忍转目。可是，当她移开眼光的时节，他又觉得她根本没有看见他。她使人不安、惶惑，可是也感到有趣。小圆脸，眉眼还端正，可是都平平无奇。只有在她注视你的时候，你才觉得她并不难看，而且很有点热情。及至她又去对别的人，或别的东西愣起来，你就又有点可怜她，觉得她不是受过什么重大的刺激，就是天生的有点白痴。

现在，她扭着点脸，看着秦妙斋。妙斋有点兴奋，拿出他自认为最美的姿态，倚在藤架的柱子上，也看着她。

“哪个叨？”挑伕不耐烦了：“走不走吗？”

“明霞，走！”那个男人毫无表情地说。

“干什么的？”妙斋的口气很不客气地问他，眼睛还看着明霞。

“我是这里的主任。”那个男的一边说，一边往里走。

“啊？主任？”妙斋挡住他们的去路。“我们的主任姓丁。”

“我姓尤，”那个男的随手一拨，把妙斋拨开，还往前走，“场长派来的新主任。”

秦妙斋愕住了，闭了一会儿眼，睁开眼，他象条被打败了的狗似的，从小道跑进去。他先跑到大厅。“丁，老丁！”他急切地喊。“老丁！”

丁主任披着棉袍，手里拿着条冒热气的毛巾，一边擦脸，一边从楼上走下来。

"他们派来了新主任！"

"啊？"丁主任停止了擦脸，"新主任？"

"集合！集合！教他怎么来的怎么滚回去！"妙斋回身想往外跑。

丁主任扔了毛巾，双手撩着棉袍，几步就把妙斋赶上，拉住。"等等！你上楼去，我自有办法！"

妙斋还要往外走，丁主任连推带搡，把他推上楼去。而后，把钮子扣好，稳重庄严地走出来。拉开门，正碰上尤主任。满脸堆笑地，他向尤先生拱手："欢迎！欢迎！欢迎新主任！这是——"他的手向明霞高拱。没有等尤主任回答，他亲热地说："主任太太吧？"紧跟着，他对挑伕下了命令："拿到里边来吗！"把夫妻让进来，看东西放好，他并没有问多少钱雇来的，而把大小三张钱票交给挑伕——正好比雇定的价钱多了五角。

尤主任想开门见山地问农场的详情，但是丁务源忙着喊开水，洗脸水；吩咐工友打扫屋子，丝毫不给尤主任说话的机会。把这些忙完，他又把明霞大嫂长大嫂短地叫得震心，一个劲儿和她扯东道西。尤主任几次要开口，都被明霞给截了回去；乘着丁务源出去那会儿，她责备丈夫："那些事，干吗忙着问，日子长着呢，难道你今天就办公？"

第一天一清早，尤主任就穿着工人装，和工头把农场每一个角落都检查到，把一切都记在小本儿上。回来，他催丁主任办交代。丁主任答应三天之内把一切办理清楚。明霞又帮了丁务源的忙，把三天改成六天。

一点合理的错误，使人抱恨终身。尤主任——他叫大兴——是在英国学园艺的。毕业后便在母校里作讲师。他聪明，强健，肯吃苦。作起"试验"来，他的大手就象绣花的姑娘的那么轻巧、准确、敏捷。作起用力的工作来，他又象一头牛那样强壮，耐劳。他喜欢在英国，因为他不善应酬，办事认真，准知道回到祖国必被他所痛恨的虚伪与无聊给毁了。但是，抗战的喊声震动了全世界；他回了国。他知道农业的重要，和中国农业的急应改善。他想在一座农场里，或一间实验室中，把他的血汗献给国家。

回到国内，他想结婚。结婚，在他心中，是一件必然的，合理的事。结了婚，他可以安心地工作，身体好，心里也清静。他把恋爱视成一种精力的浪费。结婚就是结婚，结婚可以省去许多麻烦，别的事都是多余，用不着去操心。于是，有人把明霞介绍给他，他便和她结了婚。这很合理，但是也是个错误。

明霞的家里有钱。尤大兴只要明霞，并没有看见钱。她不甚好看，大兴要的是一个能帮助他的妻子，美不美没有什么关系。明霞失过恋，曾经想自杀；但这是她的过去的事，与大兴毫不相干。她没有什么本领，但在大兴想，女人多数是没有本领的；结婚后，他曾以身作则地去吃苦耐劳，教育她，领导她；只要她不瞎胡闹，就一切不成问题。他娶了她。

　　明霞呢，在结婚之前，颇感到些欣悦。不是因为她得到了理想爱人——大兴并没请她吃过饭，或给她买过鲜花——而是因为大兴足以替她雪耻。她以前所爱的人抛弃了她，象随便把一团废纸扔在垃圾堆上似的。但是，她现在有了爱人；她又可以仰着脸走路了。

　　在结婚后，她的那点欣悦和婚礼时戴的头纱差不多，永远收藏起去了。她并不喜欢大兴。大兴对工作的努力，对金钱的冷淡，对三姑六姨的不客气，都使她感到苦痛。但是，当有机会夫妇一道走的时候，她还是紧紧地拉着他，象将被溺死的人紧紧抓住一把水草似的。无论如何，他是一面雪耻的旗帜，她不能再把这面旗随便扔在地上！

　　大兴的努力、正直、热诚，使自己到处碰壁。他所接触到的人，会慢慢很巧妙地把他所最珍视的"科学家"三个字变成一种嘲笑。他们要喝酒去，或是要办一件不正当的事，就老躲开"科学家"。等到"科学家"天天成为大家开玩笑的用语，大兴便不能不带着太太另找吃饭的地方去！明霞越来越看不起丈夫。起初，她还对他发脾气，哭闹一阵。后来，她知道哭闹是毫无作用的，因为大兴似乎没有感情；她闹她的气，他作他的事。当她自己把泪擦干了，他只看她一眼，而后问一声："该作饭了吧？"她至少需要一个热吻，或几句热情的安慰；他至多只拍拍她的脸蛋。他决不问闹气的原因与解决的办法，而只谈他的工作。工作与学问是他的生命，这个生命不许爱情来分润一点利益。有时候，他也在她发气的时候，偷偷弹去自己的一颗泪，但是她看得出，这只是怨恨她不帮助他工作，而不是因为爱她，或同情她。只有在她病了的时候，他才真象个有爱心的丈夫，他能象作试验时那么细心来看护她。他甚至于坐在床边，拉着她的手，给她说故事。但是，他的故事永远是关于科学的。她不爱听，也就不感激他。及至医生说，她的病已不要紧了，他便马上去工作。医生是科学家，医生的话绝对不能有错误。他丝毫没想到病人在没有完全好了的时候还需要安慰与温存。

她不能了解大兴，又不能离婚，她只能时时地定睛发呆。

现在，她又随着大兴来到树华农场。她已经厌恶了这种搬行李，拿着洗脸盆的流浪生活。她作过小姐，她愿有自己的固定的，款式的家庭。她不能不随着他来。但是既来之则安之，她不愿过十天半月又走出去。她不能辨别谁好谁坏，谁是谁非，但是她决定要干涉丈夫的事，不教他再多得罪人。她这次须起码把丈夫的正直刚硬冲淡一些，使大家看在她的面上原谅了尤大兴。她开首便帮忙了丁务源，还想敷衍一切活的东西，就连院中的大鹅，她也想多去喂一喂。

尤主任第一个得罪了秦妙斋。秦妙斋没有权利住在这里，请出！秦妙斋本没有任何理由充足的话好说，但是他要反驳。说着说着，他找到了理由："你为什么不称呼我为艺术家呢？"凭这个污辱，他不能搬走！"咱们等着瞧吧，看谁先搬出去！"

尤主任只知道守法讲理是当然的事。虽然回国以后，已经受过多少不近情理的打击，可是还没遇见这么荒唐的事。他动了气，想请警察把妙斋捉出去。这时候，明霞又帮了妙斋的忙，替他说了许多"不要太忙，他总会顺顺当当地搬出去"……

妙斋和丁务源开了一个秘密会议。妙斋主战，丁务源主和，但是在妙斋说了许多强硬的话之后，丁务源也同意了主战。他称赞妙斋的勇敢，呼他为侠义的艺术家。妙斋感激得几乎晕了过去。

事实上，丁务源绝对不想和尤主任打交手战。在和妙斋谈过话之后，他决定使妙斋和尤大兴作战，而他自己充好人。同时，关于他自己的事，他必定先和明霞商议一下，或者请她去办交涉。他避免与尤主任作正面冲突。见着大兴，他永远摆出使人信任的笑脸，他知道出去另找事作不算难，但是找与农场里这样的舒服而收入又高的事就不大容易。他决定用"忍"字对付一切。假若妙斋与工人们把尤主任打了，他便可以利用机会复职。即使一时不能复职，他也会运动明霞和股东太太们，教他作个副主任。他这个副主任早晚会把正主任顶出去，他自信有这个把握，只要他能忍耐。把妙斋与明霞埋伏在农场，他进了城。

尤主任急切地等着丁务源办交代，交代了之后，他好通盘地计划一切。但是，丁务源进了城。他非常着急。拿人一天的钱，他就要作一天的事，他最恨敷衍与慢慢地拖。在他急得要发脾气的时候，明霞的眼又定住了。半天，她才说话："丁先生不会骗你，他一两天就回来，何必这么着急呢？"

大兴并不因妻的劝告而消了气，但是也不因生气而忘了作事。他会把怒气压在心里，而手脚还去忙碌。他首先贴出布告：大家都要六时半起床，七时上工。下午一点上工，五时下工。晚间九时半熄灯上门，门不再开。在大厅里，他贴好：办公重地，闲人免进。而后，他把写字台都搬了来，职员们都在这里办事——都在他眼皮底下办事。办公室里不准吸烟，解渴只有白开水。

命令下过后，他以身作则地，在壁钟正敲七点的时节，已穿好工人装，在办公厅门口等着大家。丁务源的"亲兵"都来得相当的早，因为他们知道自己毫无本事，而他们的靠山能否复职又无把握，所以他们得暂时低下头去。他们用按时间作事来遮掩他们的不会作事。有的工人迟到，受了秦妙斋的挑拨，他们故意和新主任捣乱。

尤主任忍耐地等着。等大家都来齐，他并没发脾气，也没说闲话。开门见山地，他分配了工作，他记不清大家的姓名，但是他的眼睛会看，谁是有经验的工人，谁是混饭吃的。对混饭吃的，他打算一律撤换，但在没有撤换之前，他也给他们活儿作——"今天，你不能白吃农场的饭，"他心里说。

"你们三位，"他指定三个工人，"去把葡萄枝子全剪了。不打枝子，下一季没法结葡萄。限两天打完。"

"怎么打？"一个工人故意为难。

"我会告诉你们！我领着你们去作！"然后，他给有经验的工人全分配了工作，"你们三位给果木们涂灰水，该剥皮的剥皮，该刻伤的刻伤，回来我细告诉你们。限三天作完。你们二位去给菜蔬上肥。你们三位去给该分根的花草分根……"然后，轮到那些混饭吃的："你们二位挑沙子，你们俩挑水，你们二位去收拾牛羊圈……"

混饭吃的都撇了嘴。这些事，他们能作，可是多么费力气，多么肮脏呢！他们往四下里找，找不到他们的救主丁务源的胖而发光的脸。他们祷告："快回来呀！我们已经成了苦力！"

那些有经验的工人，知道新主任所吩咐的事都是应当作的。虽然他所提出的办法，有和他们的经验不甚相同的地方，可是人家一定是内行。及至尤主任同他们一齐下手工作，他们看出来，人家不但是内行，而且极高明。凡是动手的，尤主任的大手是那么准确，敏捷。凡是要说出道理的地方，尤主任三言五语说得那么简单，有理。从本事上看，从良心上说，他们无从，也不应当，反对他。假若他们还愿学一些新本事，新知识的话，他们应该拜尤主任为师。但是，他们的良心已被丁务源给蚀尽。他们的手还记得白板的光滑，他们的口还咂摸着大曲酒的香味；他们恨恶镰刀与大剪，恨恶院中与山上的新鲜而寒冷的空气。

现在，他们可是不能不工作，因为尤主任老在他们的身旁。他由葡萄架跑到果园，由花畦跑到菜园，好象工作是最可爱的事。他不叱喝人，也不着急，但是他的话并不客气，老是一针见血地使他们在反感之中又有点佩服。他们不能偷闲，尤主任的眼与脚是同样快的：他们刚要放下活儿，他就忽然来到，问他们怠工的理由。他们答不出。要开水吗？开水早送到了。热腾腾的一大桶。要吸口烟吗？有一定的时间。他们毫无办法。

他们只好低着头工作，心中憋着一股怨气。他们白天不能偷闲，晚间还想照老法，去捡几个鸡蛋什么的。可是主任把混饭的人们安排好，轮流值夜班。"一摸鸡鸭的裆儿，我就晓得正要下蛋，或是不久就快下蛋了。一天该收多少蛋，我心中大概有个数目，你们值夜，夜间丢失了蛋，你们负责！"尤主任这样交派下去。好了，连这条小路也被封锁了！

过了几天，农场里一切差不多都上了轨道。工人们到底容易感化。他们一方面恨尤主任，一方面又敬佩他。及至大家的生活有了条理，他们不由地减少了恨恶，而增加了敬佩。他们晓得他们应当这样工作，这样生活。渐渐地，他们由工作和学习上得到些愉快，一种与牌酒场中不同的，健康的愉快。

尤主任答应下，三个月后，一律可以加薪，假若大家老按着现在这样去努力。他也声明：大家能努力，他就可以多作些研究工作，这种工作是有益于民族国家的。大家听到民族国家的字样，不期然而然都受了感动。他们也愿意多学习一点技术，尤主任答应下给他们每星期开两次晚班，由他主讲园艺的问题。他也开始给大家筹备一间游艺室，使大家得到些正当的娱乐。大家的心中，象院中的花草似的，渐渐发出一点有生气的香味。

不过，向上的路是极难走的。理智上的崇高的决定，往往被一点点浮浅的低卑的感情所破坏。情感是极容易发酒疯的东西。

有一天，尤大兴把秦妙斋锁在了大门外边。九点半锁门，尤主任绝不宽限。妙斋把场内的鸡鹅牛羊全吵醒了，门还是没有开。他从藤架的木柱上，象猴子似的爬了进来，碰破了腿，一瘸一点的，他摸到了大厅，也上了锁。他一直喊到半夜，才把明霞喊动了心，把他放进来。

由尤主任的解说，大家已经晓得妙斋没有住在这里的权利，而严守纪律又是合理的生活的基础。大家知道这个，可是在感情上，他们觉得妙斋是老友，而尤主任是新来的，管着他们的人。他们一想到妙斋，就想起前些日子的自由舒适，他们不由地动了气，觉得尤主任不近人情。他们一一地来慰问妙斋，妙斋便乘机煽动，把尤大兴形容得不象人。"打算自自在在地活着，非把那个猪狗不如的东西打出去不可！"他咬着牙对他们讲。"不过，我不便多讲，怕你们没有胆子！你们等着瞧吧，等我的腿好了，我独自管教他一顿，教你们看看！"

他们的怒气被激起来，大家都不约而同地留神去找尤大兴的破绽，好借口打他。

尤主任在大家的神色上，看出来情势不对，可是他的心里自知无病，绝对不怕他们。他甚至于想到，大家满可以毫无理由地打击他，驱逐他，可是他决不退缩，妥协。科学的方法与法律的生活，是建设新中国的必经的途径。假若他为这两件事而被打，好吧，他愿作了殉道者。

一天，老刘值夜。尤主任在就寝以前，去到院中查看，他看见老刘私自藏起两个鸡蛋。他不能睁着一只眼，闭着一只眼地敷衍。他过去询问。

老刘笑了："这两个是给尤太太的！"

"尤太太？"大兴仿佛不晓得明霞就是尤太太。他愣住了。及至想清楚了，他象飞也似的跑回屋中。

明霞正要就寝。平平的黄圆脸上没有任何表情，坐在床沿上，定睛看着对面的壁上——那里什么也没有。

"明霞！"大兴喘着气叫，"明霞，你偷鸡蛋？"

她极慢地把眼光从壁上收回，先看看自己拖鞋尖的绣花，而后才看丈夫。

"你偷鸡蛋？"

"啊！"她的声音很微弱，可是一种微弱的反抗。

"为什么？"大兴的脸上发烧。

"你呀，到处得罪人，我不能跟你一样！我为你才偷鸡蛋！"她的脸上微微发出点光。

"为我？"

"为你！"她的小圆脸更亮了些，象是很得意。"你对他们太严，一草一木都不许私自动。他们要打你呢！为了你，我和他们一样地去拿东西，好教他们恨你而不恨我。他们不恨我，我才能为你说好话，不是吗？自己想想看！我已经攒了三十个大鸡蛋了！"她得意地从床下拉出一个小筐来。

尤大兴立不住了。脸上忽然由红而白。摸到一个凳子，坐下，手在膝上微颤。他坐了半夜，没出一声。

第二天一清早，院里外贴上标语，都是妙斋编写的。"打倒无耻的尤大兴！""拥护丁主任复职！""驱逐偷鸡蛋的坏蛋！""打倒法西斯的走狗！""消灭不尊重艺术的魔鬼！"……

大家罢了工，要求尤大兴当众承认偷蛋的罪过，而后辞职，否则以武力对待。

大兴并没有丝毫惧意，他准备和大家谈判。明霞扯住了他。乘机会，她溜出去，把屋门倒锁上。

"你干吗？"大兴在屋里喊，"开开！"

她一声没出，跑下楼去。

丁务源由城里回来了，已把副主任弄到手。"喝！"他走到石板路上，看见剪了枝的葡萄，与涂了白灰的果树，"把葡萄剪得这么苦。连根刨出来好不好！树也擦了粉，硬是要得！"

进了大门，他看到了标语。他的脚踵上象忽然安了弹簧，一步催着一步地往院中走，轻巧，迅速；心中也跳得轻快，好受；口里将一个标语按照着二黄戏的格式哼唧着。这是他所希望的，居然实现了！"没想到能这么快！妙斋有两下子！得好好的请他喝两杯！"他口中唱着标语，心中还这么念道。

刚一进院子，他便被包围了。他的"亲兵"都喜欢得几乎要落泪。其余的人也都象看见了久别的手足，拉他的，扯他的，拍他肩膀的，乱成一团；大家的手都要摸一摸他，他的衣服好象是活菩萨的袍子似的，挨一挨便是功德。他们的口一齐张开，想把冤屈一下子都倾泻出来。他只听见一片声音，而辨不出任何字来。他的头向每一个人点一点，眼中的慈祥的光儿射在每一个人的身上，他的胖而热的手指挨一挨这个，碰一碰那个。他感激大家，又爱护大家，他的态度既极大方，又极亲热。他的脸上发着光，而眼中微微发湿。"要得！""好！""呕！""他妈拉个巴子！"他随着大家脸上的表情，变换这些字眼儿。最后，他向大家一举手，大家忽然安静了。"朋友们，我得先休息一会儿，小一会儿；然后咱们再详谈。不要着急生气，咱们都有办法，绝对不成问题！"

"请丁主任先歇歇！让开路！别再说！让丁主任休息去！"大家纷纷喊叫。有的还恋恋不舍地跟着他，有的立定看着他的背影，连连点头赞叹。

丁务源进了大厅，想先去看妙斋。可是，明霞在门旁等着他呢。

"丁先生！"她轻轻地，而是急切地，叫，"丁先生！"

"尤太太！这些日子好吗？要得！"

"丁先生！"她的小手揉着条很小的，花红柳绿的手帕。"怎么办呢？怎么办呢？"

"放心！尤太太！没事！没事！来！请坐！"他指定了一张椅子。

明霞象作错了事的小女孩似的，乖乖地坐下，小手还用力揉那条手帕。

"先别说话，等我想一想！"丁务源背着手，在屋中沉稳而有风度地走了几步。"事情相当的严重，可是咱们自有办法，"他又走了几步，摸着脸蛋，深思细想。

明霞沉不住气了，立起来，迫着他问："他们真要打大兴吗？"

"真的！"丁副主任斩钉截铁地回答。

"那怎么办呢？怎么办呢？"明霞把手帕团成一个小团，用它擦了擦鼻洼与嘴角。

"有办法！"丁务源大大方方地坐下。"你坐下，听我告诉你，尤太太！咱们不提谁好谁歹，谁是谁非，咱们先解决这件事，是不是？"

明霞又乖乖地坐下，连声说"对！对！"

"尤太太看这么办好不好？"

"你的主意总是好的！"

"这么办：交代不必再办，从今天起请尤主任把事情还全交给我办，他不必再分心。"

"好！他一向太爱管事！"

"就是呀！教他给场长写信，就说他有点病，请我代理。"

"他没有病，又不爱说谎！"

"在外边混事，没有不扯谎的！为他自己的好处，他这回非说谎不可！"

"呕！好吧！"

"要得！请我代理两个月，再教他辞职，有头有脸地走出去，面子上好看！"

明霞立起来："他得辞职吗？"

"他非走不可！"

"那？"

"尤太太，听我说！"丁务源也立起来。"两个月，你们照常支薪，还住在这里，他可以从容地去找事。两个月之中，六十天工夫，还找不到事吗？"

"又得搬走？"明霞对自己说，泪慢慢地流下来。愣了半天，她忽然吸了一吸鼻子，用尽力量地说："好！就是这么办啦！"她跑上楼去。

开开门一看，她的腿软了，坐在了地板上。尤大兴已把行李打好，拿着洗面盆，在床沿上坐着呢。

沉默了好久，他一手把明霞搀起来，"对不起你，霞！咱们走吧！"

院中没有一个人，大家都忙着杀鸡宰鸭，欢宴丁主任，没工夫再注意别的。自己挑着行李，尤大兴低着头向外走。他不敢看那些花草树木——那会教他落泪。明霞不知穿了多少衣服，一手提着那一小筐鸡蛋，一手揉着眼泪，慢慢地在后面走。

树华农场恢复了旧态，每个人都感到满意。丁主任在空闲的时候，到院中一小块一小块地往下撕那些各种颜色的标语，好把尤大兴完全忘掉。

不久，丁主任把妙斋交给保长带走，而以一万五千元把空房租给别人，房租先付，一次付清。

　　到了夏天，葡萄与各种果树全比上年多结了三倍的果实，仿佛只有它们还记得尤大兴的培植与爱护似的。

　　果子结得越多，农场也不知怎么越赔钱。

小木头人

按理说，小布人的弟弟也应该是小布人。呕，这说得还不够清楚。这么说吧：小布人若是"甲"，他的弟弟应该是小布人"乙"。

不过事情真奇怪，小布人的弟弟却是小木头人。他们的妈妈和你我的妈妈一样，可是不知怎的，她一高兴，生了一个小布人，又一高兴生了个小木头人。

小布人长得很体面，白白胖胖的脸，头上梳着黑亮的一双小辫儿，大眼睛，重眉毛，红红的嘴唇。就有一个缺点，他的鼻子又短又扁。他的身上也很胖。因为胖，所以不怕冷，他终年只穿一件大红布兜肚，没有别的衣服。他很有学问，在三岁的时候，就认识了"一"字，后来他又认识了许多"一"字。不论"一"字写的多么长，多么短；也不论是写在纸上，还是墙上，他总会认得。现在他已入了初中一年级，每逢先生考试"一"字的时候，他总考第一。

小木头人没有他哥哥那么体面。他很瘦很干，全身的肌肉都是枣木的。他打扮得可是挺漂亮：一身木头童子军服，手戴木头手套，足登木头鞋子，手中老拿一根木棒。他的头很小很硬，象个流星锤似的。鼻子很尖，眼睛很小，两颗木头眼珠滴溜溜的乱转——所以虽然瘦小枯干，可是很精神。

呕，忘记报告一件重要的事！你或以为小木头人的木头衣服，也象小布人的红兜肚一样，弄脏了便脱下来，求妈妈给他洗一洗吧？那才一点也不对！小木头人的衣服不用肥皂和热水去洗，而用刨子刨。他的衣服一年刨四次，春天一次，夏天一次，秋天一次，冬天一次，一共四次。刨完了，他妈妈给他刷一道漆。春天刷绿的，夏天刷白的，秋天刷黄的，冬天刷黑的；四季四个颜色。他最怕换季，因为上了油漆以后，他至少要有三天须在胸前挂起一个纸条，上写"油漆未干"。假若不是这样，别人万一挨着他，便粘在了一块，半天也分不开。

小布人和小木头人都是好孩子。不过，比较起来吗，小木头人比小布人要调皮淘气些。小布人差不多没有落过泪，因为把布脸哭湿，还得去烘干，相当的麻烦。因此，他永远不惹妈妈生气，也不和别的孩子打架，省得哭湿了脸。小木头人可就不然了。他非常的勇敢，一点也不怕打架。一来，他的身上硬，不怕打；二来，他若是生气落泪，就更好玩——他的眼泪都是圆圆的小木球，拾起来可以当弹弓的弹子用。

比起他的哥哥来，小木头人简直一点学问也没有；他连一个"一"字也不识！他并非不聪明，可就是不用功。他会搭桥，支帐篷，练操，埋锅造饭；干脆的说吧，凡是童子军会的事情他都会。对于足球、篮球、赛跑、跳高，他也都是头等的好手。他还会游泳，而且能在水里摸上一尺多长的鱼来。可是他就是不喜欢读书，他的木头眼珠有点奇怪，能看见书上画着的小人小狗，而看不见字。入小学已经三年多了，他现在还是一年级的学生。先生一考他，他就转着眼珠说："小人拉着小狗，小人拉着小狗。"为有点变化，他有时候也说："小狗拉着小人。"他永远背不上书来。先生并不肯责打他，因为知道他的眼珠是木头的，怪可怜。况且他作事很热心，又会踢球，赛跑，先生想打他也有点不好意思了。小木头人很感激先生，所以老远看到先生就鞠躬；有时候鞠得度数太大，就跌在地上，把小尖鼻子插在土里，半天也拔不起来。

在家里，妈妈很喜爱小布人，因为他很规矩，老实，爱读书。妈妈也很喜爱小木头人，因为他很会淘气。小木头人的淘气是很有趣的。比方说吧，在没有孩子和他玩耍的时候，他会独自想法儿玩得很热闹。什么到井台上去汲水呀，把妈妈的大水缸都倒满。什么用扫帚把屋子院子都收拾得干干净净呀，好叫检查清洁的巡警给门外贴上"最整洁"的条子。什么晚上蹲在墙根，等着捉偷吃小鸡的黄狼子呀——要是不捉到黄狼子呢，起码捉来两三个蟋蟀，放在小布人被子里，吓得小布人乱叫。

这些有趣的玩耍都使妈妈相当的满意。不过，他也有时候招妈妈生气。例如，把水缸倒满，他就跳下去练习游泳，或是扫除庭院的时候，顺手把妈妈辛辛苦苦种的花草也都拔了去，妈妈就不能不生气了。特别是在晚上，他最容易招妈妈动怒。原来，小木头人是和小布人同睡一张床的。在夏天，小布人因为身上很胖，最怕蚊子，所以非放下帐子来不可。小木人呢，一点也不怕蚊子，他愿意推开帐子，把蚊子诱来，好把蚊子的尖嘴碰得生疼。可是，蚊子也不傻呀。它们看见小木人就赶紧躲开。尽管小木人很客气的叫："蚊子先生，请来咬我的腿吧！"它们一点也不上当。嗡嗡的，它们彼此打招呼，一齐找了小布人去，把小布人叮得没办法，只好喊妈妈。妈妈很怕小布人教蚊子咬了，又打摆子。小布人一打摆子就很厉害，妈妈非给他包奎宁馅的饺子吃不可；多么麻烦，又多么贵呀！你看，妈妈能不生小木头人的气吗？

冬天虽然没有蚊子，可是他们弟兄的床上还是不十分太平。小布人睡觉很老实，连梦话也不说一句。小木头人就不然了，睡觉和练操一样：一会儿"拍"，把手打在哥哥的胖腿上，一会儿"噗"，把被子蹬个大窟窿，教小布人没法儿好好的睡。小布人急了就只会喊妈妈，妈妈便又生了气。

妈妈尽管生气，可是不能责打小木人，因为他身上太硬。妈妈即使用棍子打他，也只听得拍拍的响，他一点也不觉得疼。这怎么办呢？妈妈可还有主意，要不然还算妈妈吗？不给他饭吃！哎呀，这一下子可把小木人治服了。想想看吧，小木人虽然是木头的，可也得吃饺子呀，炸酱面呀，鸡蛋糕和棒棒糖什么的呀。他还能光喝凉水不成么？所以，一听妈妈说："好了，明天早上没有你的烧饼吃！"小木人心里就发了慌，赶紧搭讪着说："没有烧饼，光吃油条也行！"及至听见妈妈的回答——"油条也没有"——他就不敢再说一声，乖乖的把胳臂伸得笔直，再也不碰小布人一下。有时候，他急忙的搬到床底下去睡，顺手儿还捉一两个小老鼠给街坊家的老花猫吃。

可是，话又说回来了：小木人虽然淘气，不怕打架，但决不故意欺侮人。每次打架，虽然他总受妈妈或老师的责备，可是打架的原因绝不是他爱欺侮人。他也许多打了人家两下，或把人家的衣服撕破了一块，但是十之八九，他是为了抱不平，这么说吧，比如他看见一个年岁大一点的同学，欺侮一个年岁小的同学，他的眼睛立刻就冒了火。他一点不退缩的和那个大学生死拼。假若有人说他的哥哥，妈妈或先生不好，那就必定有一次剧烈的战争。打完了架，他的小鼻子歪到一边去，身上的油漆划了许多条道子，有时候身上脸上都流出血来（他的血和松香似的，很稠很黏，有点发黄色），真像打完架的狗似的。他是勇敢的。要打就打出个样子来。

更值得述说的是有一次早晨升旗的时候，小木人的旁边的一个烂眼边的孩子没有向国旗好好敬礼。这，惹恼了小木人。他一拳把烂眼边打倒在地上。校长和老师都说他不该打人。可是他们也说小木人是知道尊敬国旗的好孩子。因为打人，校长给小木人记了一过；因为尊敬国旗，校长又给他记一功。

知道尊敬国旗，便是知道爱国。小木人很爱国。所以呢，咱们不再乱七八糟的讲，而要专说小木人爱国的故事了。

小木人的舅舅是小泥人。这位泥人虽然身量很小，可是的的确确是小木人的舅父，所以小木人不能因为舅父的身量小，而叫他作哥哥。况且，小泥人也真够作舅舅的样子，每逢来看亲戚，他必给外甥买来一堆小泥玩艺儿——什么小泥狗，小泥马，小泥骆驼，还有泥作的高射炮和坦克车。小木人和小布人哥儿俩，因此，都很喜欢这位舅父。舅父的下巴上还长着些胡须，也很好玩。小木人有时候扯着舅父的胡子在院中跑几个圈，舅父也不恼。小泥人真是一位好舅舅！

不幸啊，你猜怎么着，泥人舅舅死啦！怎么死的？哼，教炸弹给炸碎了！小泥人生来就不结实，近几年来，时常的闹病，因为上了年纪啊。有一天，看天气晴和，他换了一件蓝色的泥棉袍，买了许多的泥玩艺儿，来看外甥。哪知道，走到半路，遇上了空袭。他急忙往防空洞跑。他的泥腿向来就跑不了很快，这天又忘了带着手杖。好，他还没跑到防空洞，炸弹就落了下来！炸弹落得离他还有半里地，按说他不应当受伤。可是，他倒在了地上，身上的泥全被震成一块一块的了。

这个不幸的消息传到小木人的家中，妈妈哭得死去活来。小布人把布脸哭得象掉在水里一般。小木人的木头眼泪落了一大筐箩。

啼哭是没有用处的，小木人知道。他也知道，震死泥人舅舅的炸弹是日本人的。他要报仇。他爱他的舅舅，也更爱国家。舅舅既是中国人，哪可以随便的挨日本的炸弹呢？他要给舅舅报仇，为国家雪耻！

小木人十分勇敢。说报仇就去报仇，没有什么可商量的。他急忙去预备枪。子弹不成问题，他有许多木头眼泪呢。枪可不容易找。他听老师说，机关枪最厉害，所以想得一架机关枪，哪里去找呢？这倒真不好办。不过，他把机关枪听成了鸡冠枪，于是他就想啊，把个鸡冠子放在枪上，岂不就成了鸡冠枪么？好啦，就这么办。他找了个公鸡冠子，用绳儿捆在自己的木枪上，再把木头眼泪都放在口袋里，他就准备出发了。

小木人的衣帽本是童子军的样式，现在一手托枪，一手拿着木棍，袋中满装子弹，看起来十分的英武。他不愿教妈妈知道，怕她不许他去当兵。他只告诉了小布人，并且教哥哥起了誓，在他走后三天再禀知母亲。小布人虽然胆子小一点，但也知道当兵是最光荣的事，便连连点头，并且起了誓。他说：

"我若在三天以前走漏了消息，教我的小辫儿长到鼻子上来！"

他说完，弟兄亲热的握了手，他还给了弟弟一毛钱和一个鸡蛋作盘缠。

小木人离开家门，一气就走了五里地。但他并不觉得劳累，可是他忽然站住了。他暗自思想，往哪里去呢？哪里有日本鬼子呢？正在这样思索，树上的鸟儿——他站住的地方原是有好几株大树的——说了话："北，北，北，咕——"小木人平日是最喜欢和小鸟们谈话的，一闻此言，忙问道：

"你说什么呀？鸟儿哥哥！"

这回四只小鸟一齐说，"北，北，北，咕——"

"呕，"小木人想了想才又问："是不是你们教我向北去呢？"

一群小鸟同声的说："北，北，北，咕——"

小木人笑了："好！多数同意，通过！"说罢，他向小鸟们立正，敬礼，就又往前走了几步，他又转身回来，高声问道："请问，哪边是北呀？"

这一问，把小鸟们都难住了。本来吗，小鸟们只管飞上飞下，谁管什么东西南北呢。小木人连问了三四次，并没得到回答，他很着急，小鸟们觉得很惭愧。末了，有一位老鸟，学问很大，告诉了他："北就是北！"

小木人一想，对呀，北方拿前面当作北，后面不是南么？对！他给老鸟道了谢，就又往前走，嘴里嘟囔着："反正前面是北，后面就是南，不会错！"

小木人在头一天走了一百二十里。他的腿真快。这大概不完全因为腿快，也还因为一心去报仇，在路上一点也不贪玩。要不怎么小木人可爱呢，在办正经事的时候，他就好好的去作，决不贪玩误事。

天黑了。他走到一条小河的岸上。他捧了几捧河内的清水，喝下去。河水是又清，又凉，又甜。喝完，他的肚里咕碌碌的响起来，他觉得十分饥饿。于是，他就坐在一块石头上，把哥哥给的那个鸡蛋慢慢的吃了下去。他知道肚中饥饿的时候，若是急忙吃东西就容易噎着，所以慢慢的吃。

天是黑了，上哪儿去睡觉呢？这时候，他有点想妈妈与布人哥哥了。但是一想起泥人舅舅死的那么惨，他就把心横起来，自言自语的说："去打日本小鬼，还能想家吗？那就太没出息了！"

向前望了一望，远远的有点灯光，小木人决定去借宿。他记得小说里常有"借宿一宵，明日早行"这么两句，就一边念着，一边往前走。过了一座小桥，穿过一片田地，他来到那有灯光的人家。他向前拍门，门里一条小狗汪汪的叫起来。小木人向来不怕狗，和气的叫了声"小黄儿"，狗儿就不再叫了。待了一会儿，里面有了人声："谁呀？"小木人知道，离家在外必须对人有礼貌，就赶紧恭恭敬敬的说："老大爷，请开开门吧，是我呀！"这样一说，里边的人还以为是老朋友呢，急忙开了门，而且把小狗儿赶在一边去。开门的果然是个老人，小木人的"老大爷"并没有叫错，因为他会辨别语声呀。老人又问了声"谁呀？"小木人立正答道"是我！"老人这才低头看见了小木人，原来他并没想到来的是个小朋友。

"哎呀！"老人惊异的说："原来是个小孩儿呀！怎这么黑间半夜的出来呢？莫非走迷了路，找不到家了吗？"

小木人含笑的回答："不是！老大爷，我不是走迷了路，我是去投军打日本鬼子的！你知道吗，日本鬼子把我的舅舅炸死了？"

老人一听此言，更觉稀奇。心中暗想，哪有这么小的人儿就去投军的呢？同时，心中也很佩服这个小孩儿；别看他人小，志气可是大呢。于是就去拉住小木人，往门里让。这一拉不要紧，老人可吓了一跳："我说，小朋友，你的手怎这么硬啊。"

小木人笑了："不瞒你老人家说，我是小木人呀！"

"什么？"老人喊了起来："小木人？小木人？"

"是呀，我是小木人！我来借宿一宵，明日早行！"小木人非常得意的用着这两句成语。

"哎呀，我倒还没有招待过木头人！"老人显出有点为难的样子。"我说，你不是什么小妖精吧！"

"不是妖精！"小木人赶紧答辩。"不信，老大爷你摸摸我，头上没有犄角，身上没有毛，后边也没有尾巴！"

这时节，院中出来一群人：一位老婆婆手中端着灯，一位小媳妇手中持着烛，还有一位大姑娘，和四五个男女小孩。大家把老头儿与小木人围在当中，都觉得稀罕，都争着问怎回事。大家一齐开口，弄得谁也听不见谁的话，乱成了一团。小木人背过身子，用手捂住嘴。大家忽然听见敲锣的声音，一齐说：空袭警报！马上安静下来。小木人赶紧转回身来，向大家立正，敬礼，象讲演一般的说："诸位先生，我是小木人，现在去投军打日本，今天要借宿一宵，明日早行！"

大家听明白了，就又一齐开口问长问短，老人喊了一声"雅静！"看大家又不出声了，才说："我们要先熄了灯，不是有警报吗？"

小木人不由的笑出声来，"那，那，那是我嘴中学敲锣呀！不是真的！"

这样一说，逗得大家又笑成了一团。

"雅静！"老人喊了一声，接着说："现在我们怎么办呢？咱们没有招待过木头人呀！"

四五个小孩首先发言："我们会招待木头客人！教他和我在一块睡！"然后争着说："我的床大！"另一个就说："我的床香！"说着说着就要打起来。

这时候老太太说了话："谁也不要争，大家组织一个招待委员会，到屋里去商议吧！"

"好！好！好！"小孩一齐喊。然后不由分说，便把小木人抬了起来，往屋里走。

不大一会儿，委员会组织好。老人作睡觉委员，专去睡觉，不用管别的事，因为上了年岁的人是要早睡的。老太太和小媳妇作烹调委员，把家中的腊肠腊肉和青菜都要作一点来，慰劳木头客人。大姑娘作编织委员，要极快的给小木人编一双草鞋，和一顶草帽。小孩们作宿舍委员，把大家的床都搬到一处，摆成一座大炕，大家好和小木人都睡在一起，不必再起争执。

热闹了半夜，大家才去睡觉。小木头人十分感激，眼中落出木头泪珠来。拾起木泪，送给孩子们每人两个，作为纪念品。他虽是这样的感激大家，大家可是还觉得招待不周。真的，谁不尊敬出征的人呢？出征的人都是英雄！

第二天清早，小木人便起来向大家告辞。大家一致挽留，小木人可不敢耽误工夫，一定要走。一家老小见挽留不住，也就不便勉强，因为他们知道出征是重要的事啊。大姑娘已把草鞋和草帽编好，送给小木人。他把草鞋系在腰间，草帽放在背上，到下雨的时候再去穿戴。老太太把两串腊肠挂在他的脖子上，很象摩登小姐戴的项链，不过稍粗了一点而已。小媳妇给他煮了五个鸡蛋，外加两个皮蛋，两个咸鸭蛋。小孩们没有好东西送给他，大家就用红笔在他的草帽帽沿上写了"出征的木人"五个大字。老人本想把自己用的长杆烟袋送给他，怎奈小木人并不吸烟。于是，忽然心生一计，说：

"小木人呀，我替你写封家信吧，好教你妈妈放心。"

小木人很愿意这么作，就托老人替他写，并且拿出两个鸡蛋，也请老人给贴上邮票寄给妈妈和哥哥。老人问他家住哪里。他记得很清楚："木县，木头村，第一号。"

老人写完信，小木人用木头嘴在纸面上印了几个吻，交给老人替他交到邮局。而后，向大家一一敬礼，告辞。大家都恋恋不舍，送到门外。小孩子们和小狗一直送到二里多地，才洒泪而别。

小木人一路走去，甚是顺利。因为他的草帽上有"出征"的字样，所以到处受欢迎，食水宿处全无半点困难，而且有几处小学校，请他讲演。他虽没有什么了不起的口才，但是理直气壮，也颇能感动人；有些小学生因给他拍掌，竟将手掌拍破；有些小学生想跟他一同到前方去，可是被先生们给拦住了。

走了一个星期，他还没走到前线。小木人心中暗想：中国是多么伟大呀，敢情地图上短短的一条线就得走许多日子呀！在这几天里，他看见几处城市都有被炸过的痕迹，于是就更恨日本鬼子，非去报仇不可。

走到第十天头上，正是晌午，他来到一座大城，还没进城，他就看见有许多人从城内往外跑。小木人一猜就猜对了：准是有空袭。虽然猜到了，他可是丝毫不怕。他一直奔了城墙去。站在墙根，他抬头往上看。城墙，从远处看，是很直的。凑近了一看，那一层层的大砖原来也有微微的斜度，象梯子似的，不过是很难爬的梯子罢了。再说吧，城墙已经很老，砖上往往有些坑儿，也可以放脚。小木人看完了墙，再低头看自己的脚。他不由的笑了一笑。他的脚是多么瘦小伶俐呀。好吧，他决定爬上城墙去。紧了紧身上的东西，他就开始往上爬。爬到中腰，墙上有一棵歪脖的酸枣树，树上结着些鲜红的小枣，象些珠子似的发着光。小木人骑在树干上，休息一会儿，往下一看，看见躲避空袭的人象潮水一般的往城外走。他心中说，泥人舅舅大概就是这样死的，非报仇不可！说着，心中一怒；便揪上一把酸枣子，也不管酸不酸，全放在了嘴中。

爬上了城墙，小木人跟猴子一样，伶俐，连跑带跳的就上了城楼的尖儿。哎呀，多么好看哪！往上看吧，天比平日远了许多，要不是教远山给截住，简直没有了边儿呀！往下看吧，一丛一丛的绿树，一块一块的田地，一处一处的人家，都象小玩艺似的，清清楚楚的，五颜六色的，摆在那里。人呀，马呀，牛呀，都变成那么一小块，一小块的在地上慢慢的动。小木人，这时候，很想布人哥哥。假若小布人哥哥现在也在这里，该多么高兴呀。恐怕就是妈妈也没有见过这么美的景致吧，小木人越想越高兴，不觉的拍起手来。

哪知道，小木人正在欢喜，远远的可来了最讨厌的声音。呼隆，呼隆，好讨厌，就象要把青天顶碎了似的。小木人立在城楼尖上，往远处望，西北角上发现了几只黑小鸟。他指着那小鸟骂道：可恶的东西，你们把泥人舅舅炸碎，还又来炸别人么？我今天不能饶了你们！

　　说时迟，那时快，眼看着敌机到了头上。小木人数了数，一共是六架。飞机都飞得很低，似乎有要用机枪扫射下面的样子。小木人急中生智，把自己的木棍和鸡冠枪全放下，（这两件东西至今还在城楼上呢，）看飞机来到，就用了全身的力量往上一跳。这真冒险极了，假若他扑了空，就必定跌落下来，尽管他是枣木身子，也得跌碎了哇。可是，他这一下跳得真高。一伸手，他抓住一架飞机的尾巴。左手抓，右手把腰间的绳子——童子军不是老带着一条绳子么？——解下来，拴在飞机尾巴上。然后，他拴了一个套儿，把头伸进去，吊住了脖子。要是别人这样办，一会儿就必伸了舌头，成了吊死鬼。但是小木人的脖子是木头的，还怕什么呢。这样吊在飞机尾巴上，飞机上的人就不会看到他；他们看不见他，他就可以随着飞机回到飞机场呀。到了敌人的飞机场又怎样呢。小木人正在思索，让咱们大家也慢慢的想想看吧。

　　在飞机尾巴吊着，是多么有趣的事呀！看吧，这又比城楼高得多了。连山哪，都不过是一道道的小绿岗儿；河呀，不过是一条线！真好看，地上只是一片片的颜色，黄的，绿的，灰的，一块块的，一条条的，就好象一个顶大顶大的画家给画上的。更有趣的是一会儿钻到云里去，一会儿又钻出来。钻进去的时候，什么也看不见，只被一片雾气包围着，有的地方白一点，有的地方黑一点，大概馒头在蒸锅里就是这样。慢慢的，雾气越来越白越少了，哈！钻出来了！原来飞机已经飞到云上边去！上边是青天大太阳，下边是高高矮矮的黑白的云堆，象一片用棉絮堆成的出。山峰上都被日光照的发着金光。哎呀，多么美丽呀！多么好看呀！小木人差一点就喊叫出来。虽然他就是喊起来，别人也听不见。可是他不能不小心哪。

　　一会儿，又飞到了一座城，飞机排成了一字形。小木人知道，这是要投弹了。他非常的着急，非常的愤恨，可是一点办法没有。"等一会儿看吧，看我怎样收拾你们！"他只能自言自语的这么说。说罢，他闭上了眼，不忍看我们的城市被敌人轰炸。

　　飞机投了弹，很得意的往回飞。这时候，小木人顾不得看下面的景致了，闭着眼一劲儿想好主意，想着想着，他摸了摸身上，摸到一盒洋火。他笑了笑。

　　飞机飞得很低了，小木人想，这必定是到了飞机的家。他往上纵一纵身，两手扒住飞机尾巴，尾巴前面有个洼洼，他就放平了身子，藏在那里。飞机盘旋的往下落，他觉得有点头晕，就赶紧把脚拼命的蹬直，两手用力攀住，以免头一晕，被飞机给甩下去。

　　飞机落了地，机上的人们都匆忙的下去。小木人斜着眼一看，太阳还老高呢，机场上来来往往还有不少的人。他想呀，现在若是去用火柴烧飞机，至多不过能烧一架，机场上人多，而且架着好几架机关枪呀。莫若呀，等到夜里再动手，把机场上所有的飞机全烧光，岂不痛快么。好在脖子上的腊肠还剩有一节，也不至于饿得发慌。越想越对，也就大气不出的，先把腊肠吃了。

　　吃完腊肠，他想打个盹儿，休息休息。小木人是真勇敢，可是粗心的勇敢是不中用的。幸而他还没有真睡了；要是真睡去，滚到空地上来，他就可以被日本人活捉了去。那可怎办呢？你看，他刚一闭眼，就听见脚步声。原来，飞机回到机场是要检查的呀，看看有没有毛病，以免下次起飞的时候出险呀。那脚步声便是检查飞机的人来了哇！小木人的心要跳出来！假若，他们往飞机尾巴下面看一眼，他岂不要束手被擒？他知道，事到而今，绝不可害怕逃走。他一跑，准教人家给逮住！他停止了呼吸，每一秒钟就象一个月那么长似的等着。幸而，那些人并没有检查这一架飞机，而只由这里走过——小木人连他们皮鞋上的一点泥都看得清清楚楚的！

　　他再也不敢大意，连要打哈欠的时候都把嘴按在地上。就是这样，他一直等到天黑。

　　这是个月黑天，又有点夜雾。小木人的附近没有一个人。他只听得到远外的一两声咳嗽，想必是哨兵；他往咳嗽声音的来处望一望，看不见什么，一切都被雾给遮住。他放大了胆，从地上爬起来，轻轻的走出来几步；他要数一数这里一共有多少飞机。转了一个小圈，他已看到二十多架，他不由的喜欢起来。哎呀，假如一下子能烧二十多架敌机，够多么好哇！可是，他又想起了：只凭几根火柴，能不能成功呢？不错，汽油是见火就燃的。可是，万一刚烧起一架，而那些哨兵就跑来，可怎么办，不错呀，机场里有机关枪。可是他不会放呀！糟极了！糟极了……小木人自己念道着，哼，当兵岂是件容易的事呀。

无可奈何，他坐在了地上，很想大哭一场。

正在这个工夫，他听见了脚步声音。他赶紧趴伏在地上。来的是一个兵。小木人急中生智，把自己的绳子放出去，当作绊马索，一下子把那个兵绊倒。然后，他就象一道电闪那么快，骑在兵的脖子上，两只木头小手就好似一把钳子，紧紧的抠住兵的咽喉。那个兵始终没有出一声，就稀里糊涂的断了气。小木人见他一动也不动了，就松了手，可是还在他的脖子上坐着。用力太大，他有点疲乏，心中又怪难过的——他想，好好的一个人，偏偏上我们这里来杀人放火，多么可恨！可是一遇上咱小木人，你又连妈都没叫一声就死了，多么可怜！这么想了一会儿，小木人不敢多耽误工夫，就念念道道的去摸兵的身上："你来欺负我们，我们就打死你！泥人舅舅怎么死的？哼，小木人会给舅舅报仇！"一边这么嘟囔着，他一边摸索。摸来摸去，你猜怎么着，他摸到两个圆球。他还以为是鸡蛋。再摸，喝，蛋怎么有把儿呢？啊，对了，这是手榴弹。他在画报上看见过手榴弹的图，所以一见就认出来。

把手榴弹在手里摆弄了半天，他也想不起应当怎么放。他很恨自己粗心。当初，他看画报的时候，那里原来有扔掷手榴弹的详图，可是他没有详细的看。他晓得手榴弹是炸飞机顶好的东西，可是现在手榴弹得到手，而放不出去，多么糟糕！他赌气把手榴弹扔在了地上，又到死兵的身上去摸。这回摸到一把手枪。拿着手枪，他又想了想：现在只好用手枪打飞机的油箱。打完一架，再打一架，就是被人家给生擒住，也只好认命了，也算值得了。

当他打燃了第一架飞机的时候，四面八方的电铃响成了一片。他又极快的打第二架，打燃了第二架，场中放开了照明灯，把全场照如白昼。他又去打第三架。这时候，场中集聚了不知多少敌兵，都端着枪，枪上安着明晃晃的刺刀，向他包围。他急忙就地一滚，滚到一架飞机上面。他知道，他们若向他放枪，就必打了他们自己的飞机，那，他心中说，也不错呀，咱小木人和一架飞机在一块儿烧光也值得呀！

敌兵还往前凑，并没放枪。小木人一动也不动，等待着逃走的机会。敌人越走越近了，小木人知道发慌不但没用，而且足以坏事。他沉住了气。等敌兵快走他身前了，他看出来，他们都是罗圈腿，两腿之间有很大的空档儿。他马上打好主意。猛的，他来了一个鲤鱼打挺，几乎是平着身子，钻出去。

兵们看见一条小黑影由腿中钻出，赶紧向后转。这时候，小木人已跑出五十码。他们开了枪。那怎能打中小木人呢？他是那么矮小，又是低头缩背，膝磕几乎顶住嘴的跑，他们怎能瞄准了哇？可是，他们也很聪明，马上都卧倒射击。小木人还是拼命的跑，尽管枪弹嗖嗖的由身旁，由头上，由耳边，连串的飞过，他既不向后瞧，也不放慢了步，一气，他跑出机场。

后面追来的起码有一百多人，一边追，一边放枪。小木人的腿有点酸了，可是后面的人越追越紧。眼前有一道壕沟，他不管三七二十一，便跳了下去。跳下去，他可是不敢坐下歇息，就顺着沟横着跑。一边跑，一边学着冲锋号——嘀哒嘀哒嘀嘀哒！

追兵一听见号声，全停住不敢前进。他们想啊，要偷袭飞机场，必定有大批的人，而这些人必定在沟里埋伏着呢，他们的官长就下命令：大眼武二郎，田中芝麻郎，向前搜索；其余的都散开，各找掩护。喝，你看吧，武二郎和芝麻郎就爬在地上慢慢往前爬，象两个蜗牛似的。其余的人呢，有的藏在树后，有的趴在土坑儿里。他们这么慢条斯理的瞎闹，小木人已跑出了一里地。

他立住，听了听，四外没有什么声音了，就一跳，跳出了壕沟，慢慢的往前走。走到天明，他看见一座小村子。他想进去找点水喝。刚一进村外的小树林，可是，就听见一声呼喝，站住！口令！树后面闪出一位武装同志来，端着枪，威风凛凛，相貌堂堂。小木人一看，原来是位中国兵。他喜得跳了起来。过去，他就抱住了同志的腿，好象是见了布人哥哥似的那么亲热。同志倒吓了一跳，忙问：你是谁？怎回事？小木人坐在地上，就把离家以后的事，象说故事似的从头说了一遍。同志听罢，伸出大指，说："你是天下第一的小木人！"然后，把水壶摘下来，请小木人喝水。"你等着，等我换班的时候，我领你去见我们的官长。"

太阳出来，同志换了班，就领着小木人去见官长。官长是位师长，住在一座小破庙里。这位师长长得非常的好看。中等身量，白净脸，唇上留着漆黑发亮的小黑胡子。他既好看，又非常的和蔼，一点也不象日本军人那么又丑又凶。小木人很喜爱师长，师长也很喜欢小木人。师长拉着小木人的手，把小木人所作的事问了个详细。他一边听，一边连连点头，而且教司书给细细记了下来。等小木人报告完毕，师长教勤务兵去煮十个鸡蛋慰劳他，然后就说："小木人呀，我必把你的功劳，报告给军长，军长再报告给总司令。你现在怎办呢？是回家，还是当兵呢？"

小木人说："我必得当兵，因为我还不会打机关枪和放手榴弹，应当好好学一学呀！"

师长说，"好吧，我就收你当一名兵，可是，你要晓得，当兵可不能淘气呀！一淘气就打板子，绝不容情！"

小木人答应了以后不淘气，可是心中暗想，咱小木人才不怕挨板子呀！

从村子里找来个油漆匠，给小木人改了装，他本穿的是童子军装，现在漆成了正式的军服，甚是体面。

从此，小木人便当了兵。每逢和日本人交战，他总作先锋，先去打探一切，因为他的腿既快，眼又尖，而且最有心路啊。

有一天，小布人在学校里听到广播，说小木人烧了敌机，立下功劳。他就向先生请了一会儿假，赶忙跑回家，告诉了母亲。妈妈十分欢喜，马上教小布人给弟弟写一封信。小布人不假思索，在信纸上写了一大串"一"字，并且告诉妈妈，这些"一"字有长有短有直有斜，弟弟一看，就会明白什么意思。

　　写完了信，小布人向妈妈说，他自己也愿去当兵。妈妈说："你爱读书，有学问。应当继续读书；将来得了博士学位，也能为国家出力。你弟弟读书的成绩比不上你，身体可是比你强的多，所以应该去当兵杀敌，你不要去，你是文的，弟弟是武的，咱家一门文武双全，够多么好哇！"

　　小布人听了，就又回到学校，好好的读书，立志要得博士学位。

一筒炮台烟

　　阚进一在大学毕业后就作助教。三年的工夫，他已升为讲师。求学、作事、为人，他还象个学生；毕业、助教、讲师，都没能使他忘了以前的自己。在大学毕业的往往象姑娘出嫁，今天还是腼腆的小姐，过了一夜便须变为善于应付的媳妇。进一不这样。直到作了讲师，他的衣服仍旧是读书时代的那些，衣袋里还时常存着花生米。他不吸烟，不喝酒，不会应酬，只有吃花生米是他的嗜好。

　　作了讲师，他还和学生们在一块去打球和作其他的运动与操作。有时候，他也和学生们一齐站在街上吃烤红薯，因此，学生们都叫他阚大哥。课后，他的屋里老挤满了男女同学，有的问功课，有的约踢球，有的借钱，有的谈心。他的屋子很小，可是收拾得极整齐清爽。门外铺着一个破麻袋，同学们有踏了泥的，必被他勒令去在麻袋上擦鞋底。小几上有个相当大的土磁花瓶，没有花，便插上几根青草，或一枝树叶。女同学们时常给他带来一点花。把花插好，他必亲自把青草或树叶扔在垃圾箱里去。他几乎永远不支使工友，同学们来到，他总是说一声："请不要把东西弄乱，我给你们提开水去。"

虽然接近同学，他可是永远不敷衍他们。他授课认真，改卷认真，考试认真，因此，他可就得罪了一小部分不用功的学生。在他心里，凡是按规矩办理，就是公正无私，而公正无私就不应当引起任何人反感。他并不因为恨恶谁，才叫谁不及格。同时，他对不及格的学生表示，他极愿特别帮助他们在课外补习；因为给他们补习功课，而牺牲了他自己的运动时间也无所不可。通融办理，可是，绝对作不到。

这个公正无私的态度与办法，使他觉得他可以畅行无阻，可以毫不费心思而致天下太平。所以，他一天到晚老是快活的，象个无忧无虑的小鸟儿。

但是当他升为讲师的时候，他感到自己个儿的快乐，象孤独的一枝美丽的花，是无法拦阻暴风雨的袭来的。好几位与他地位相等的朋友，都争那个讲师的位子，他丝毫没把这件事放在心里，更不想去向谁说句好话，或折腰。他以为那是极可耻的事。

聘书落在了他的手中。这，惹恼了竞争地位的同事们，而被他得罪过的同学也随着兴风作浪。他几乎一点也不晓得，假若聘书落在别人的手中，他一定不会表示什么不满意，聘谁和不聘谁是由学校当局作主啊。所以，聘书到了他自己手中，他想别人也无话可说。可是慢慢的，女同学们全不到他的屋中来了；又过了一个时期，男同学也越来越少了。没有人来，正好，他可以安静地多读点书，他想不到风之后，会有什么大雨下来。谣言都已象熟透了的樱桃，落在地上，才被他拾起来。他有许多罪过；贪玩不好好教书，巴结学校当局，行为有乖师道。联络学生……还有引诱女生。

他是个粗壮而短矮的人，无论是立着还是躺着。他老象一根柏木桩子似的。模样长的不错，而脸色相当的黑；因此，他内心的爽朗与眉眼的端正都遮上了一片微黑的薄云。好象帮助他表示爱说话似的，他的嘴特别大。每当遇到困难问题，他的大嘴会向左边——永远向左边——歪，直到无可再歪，才又收回来。歪完了嘴而仍解决不了问题，他的第二招是用力的啃手指甲，有时候会啃出血来。

谣言的袭击，使他歪了几小时的嘴，而且咬破了手。最后，他把嘴角收回，对自己说："扯淡！辞职，不干了！"马上上了辞职书。并且，绝对不见一个朋友，一个学生。自己的事，自己拿主意，用不着宣传。

辞呈被退回来，并且附着一封慰留的信。

把文件念了两三遍，他又歪了嘴，手插在裤袋里，详细的打主意。大约有十分钟吧，他的主意已打定："谣言总是谣言。学校当局既不信谣言，而信任我，再多说什么便是故意的啰嗦！算了吧，"对自己说完了这一套，他打开了屋门与窗子，叫阳光直接射到他的黑脸上；一切都光亮起来。极快的买来一包花生米，细细的咀嚼；嚼到最香美的时候，嘴向左边歪了去。又想起个主意来，赶快结婚，岂不把引诱女生的谣言根本杜绝？对的。他给表妹董秀华打了电报去。

他知道，秀华表妹长得相当的清秀，而脾气不大很好——小气，好吵嘴。他想，只有他足以治服她的小嘴；绝对不成问题。他还记得：有一回——大概有五六年了吧——他偷偷吻了她一下，而被她打了个大嘴巴子，打的相当的疼。可是他禁得住；再疼一点也没关系。别个弱一点的男子大概就受不了，但是他自己毫不在乎，他等着回电。

等了一个星期，没有回电或快信。他冒了火。在他想，他向秀华求婚，拿句老话来说，可以算作"门当户对"。他想不出她会有什么不愿意的理由。退一步讲，即使她不愿接收他，也该快点回封信；一声不响算什么办法呢？在这一个星期里，他每天要为这件不痛快的事生上十分钟左右的气。最后他想写一封极厉害的信去教训教训秀华。歪着嘴，嚼着花生米，他写了一封长而厉害的信。写完，又朗读了一遍，他吐了口气。可是，将要加封的时候，他笑了笑，把信撕了。"何必呢！何必呢！她不回信是她不对，可是自己只去了个简单的电报，人家怎么答复呢？算了！算了！也许再等两天就会来信的。"

又过了五天，他才等到一封信——小白信封，微微有些香粉味；因为信纸是浅红的，所以信封上透出一点令人快活的颜色。信的言语可是很短，而且令人难过："接到电报，莫名其妙！敬祝康健！秀。"

进一对着信上的"莫名其妙"愣了十多分钟。他想不出道理来，而只觉得妇女是一种奇怪的什么。买了足够把两个人都吃病的花生米，他把一位号称最明白人情的同事找来请教。

"事情成功了。"同事的告诉他。

"怎么？"

"你去电报，她迟迟不答，她是等你的信。得不到你的信，所以她说莫名其妙，催你补递情书啊。你的情书递上，大事成矣。恭喜！恭喜！"

"好麻烦！好麻烦！"进一啼笑皆非的说，可是，等朋友走后，他给秀华写了信。这是信，不是情书，因为他不会说那些肉麻的话。

按照他的想法，恋爱、定婚、结婚，大概一共有十天就都可以完事了。可是，事情并没有这么简便干脆。秀华对每件事，即使是最小的事，也详加考虑——说"故意麻烦"也许更正确一点。"国难期间，一切从简，"在进一想，是必然的。到结婚这天，他以为，他只须理理发，刷刷皮鞋，也就满够表示郑重其事的了。可是，秀华开来的定婚礼的节目，已足使两个进一晕倒的。第一，他两人都得作一套新衣服，包括着帽子、皮鞋、袜子、手帕。第二，须预备二三桌酒席；至不济，也得在西餐馆吃茶点。第三，得在最大的报纸的报头旁边，登头号字的启事。第四，……进一看一项，心中算一算钱，他至少须有两万元才能定婚！他想干脆的通知秀华，彼此两便，各奔前程吧。同时，他也想到：劳民伤财的把一切筹备好，而亲友来到的时节谁也说不清到底应当怎样行礼，除了大家唧咕唧咕一大阵，把点心塞在口中，恐怕就再没有别的事；假若有的话，那就是小姐们——新娘子算在内——要说笑，又不敢，而只扭扭捏捏的偷着笑。想到这里，他打了个震动全身的冷颤！非写信告诉秀华不可：结婚就是结婚，不必格外的表演猴儿戏。结婚应当把钱留起来，预备着应付人口过多时的花费。不能，不能，不能把钱先都花去，叫日后相对落泪。说到天边上去，他觉得他完全合理，而表妹是瞎胡闹。他写好了信——告诉她彼此两便吧。

好象知道不一定把信发出去似的，也没有照着习惯写好信马上就贴邮票。他把信放在了一边。秀华太麻烦人，可是，有几个不啰嗦的女子呢？好吧，和她当面谈一谈，也当更有效力。

预备了象讲义那么有条理的一片话，他去找秀华。见了面，他的讲义完全没有用处。秀华的话象雨里的小雹子，东一个，西一个，随时闪击过来；横的，斜的，出其不意的飞来，叫他没法顺畅的说下去。有时候，她的话毫无意义，回答也好，不回答也好，可是适足以扰乱了进一的思路。

最后，他的黑脸上透出一点紫色，额上出了些汗珠。"秀华，说干脆的，不要乱扯！要不然，我没工夫陪你说废话！我走！"

他真要走，并不是吓吓她，也没有希望什么意外的效果。可是，秀华让步了。他开始对着正题发言。商谈的结果：凡是她所提出的办法，一样也没撤销，不过都打了些折扣。进一是爽快的人，只要事情很快的有了办法，他就不愿多争论。而且，即使他不惜多费唇舌，秀华也不会完全屈服；而弄僵了之后，便更麻烦——事事又须从头商讨一遍啊。

他们定了婚，结了婚。

在进一想，结婚以后的生活应当比作单身汉的时候更简单明快一些，因为自己有了一个帮忙的人。因此，在婚前，他常常管秀华叫作"生活的助教"。及至结了婚，他首先感觉到，生活不但不更简单一些，反而更复杂的多了。不错，在许多的小事情上，他的确得到了帮助：什么缝缝钮扣，补补袜子呀，现在已经都无须他自己动手了。可是，买针买线，还得他跑腿，而且他所买的总是大针粗线，秀华无论如何也不将就！为一点针线，他得跑好几趟。麻烦！麻烦得出奇！

还有秀华不老坐在屋里安安静静的补袜子呀。她有许多计划，随时的提将出来。他连头也不抬，就那么不着痕迹的，一边挑花，或看《妇女月刊》，一边的说："咱们该请王教授们吃顿饭吧？你都不用管！我会预备！"或者"咱们还得买几个茶杯。客来了，不够用的呀！我已经看好了一套，真不贵！"

进一对抗战是绝对乐观的。在婚前，只要一听到人们抱怨生活困难，他便发表自己的意见！"勒紧了肚子，没有过不去的事。我们既没到前线去作战，还不受点苦？民族的复兴，须要经过血火的洗礼！哼！"他以为生活的困难绝对不足阻碍抗战的进行，只要我们自己肯象苦修的和尚那么受苦。他的话不是随便说的，他自己的生活便是足以使人折服的实例。因此，他敢结婚。他想，秀华也是青年，理应明白抗战时所应有的生活方式。及至听到秀华这些计划，他的嘴歪得几乎不大好拉回来了。秀华已经告诉他好几次，不要歪嘴，可是他没法矫正自己。他想不到秀华会这么随便的乱出主意。他可是也不便和她争辩，因为争辩是吵架的起源。

"别以为我爱花钱请贵客，"秀华不抬头，而瞟了丈夫一眼，声音并没提高，而腔调更沉重了些，"我们作事就得应酬，不能一把死拿，叫人家看不起咱们！"

进一开始啃手指甲。他顶恨应酬。凭自己的本领挣饭吃，应酬什么呢？况且是在抗战中！但是他不敢对她明言。她是那么清秀，那么娇嫩，仿佛是与他绝对不同的一种人。既然绝对不相同，她就必有她的道理。在体格上，学识上，他绝对相信自己比她强的。他可以控制她。但是，无论怎样说，她是另一种人，她有他所没有的一些什么。他能控制她，或者甚至于强迫她随着他的意见与行动为转移。可是，那并不就算他得到了一切。她所有的，永远在他自己的身上找不到。她的存在，从某一角度上去看，是完全独立的。要不然，他干么结婚呢？

他只好一声不响。

秀华挑了眼："我知道，什么事都得由着你！我不算人！"她放下手中的东西，眼中微湿的看着他，分明是要挑战。

他也冒了火。他丝毫没有以沉默为武器的意思。他的不出声是退让与体谅的表示。她连沉默也不许，也往错里想，这简直是存心怄气。还没把言语预备好，他就开了口，而且声音相当的直硬："我告诉你！秀华！"

夫妻第一次开了口战。谁都有一片大道理，但是因为语言的慌急，和心中的跳动，谁都越说越没理；到后来，只求口中的痛快，一点也不管哪叫近情，何谓合理；说着说着，甚至于忘了话语的线索，而随便用声音与力气继续的投石射箭。

　　经过这一次舌战，进一有好几天打不定主意，以后是应该更强硬一点好呢？还是更温和一点好呢？幸而，秀华有了受孕的征兆，她懒，脸上发黄，常常呕吐。进一得到了不用说话而能使感情浓厚的机会，他服侍她，安慰她，给她找来一些吃不吃都可以的小药。这时候，不管她有多少缺点，进一总觉得自己有应当惭愧的地方。即使闹气吵嘴都是由她发动吧，可是她现在正受着一种苦刑，他一点也不能分担。她的确是另一种人，能够从自己的身中再变出一个小人来。

　　看着她，他想象着将要作他的子或女的样子：头发是黑的，还是黄的；鼻子是尖尖的，还是长长的？无论怎么想，他总觉得他的小孩子一定是可爱的，即使生得不甚俊美，也是可爱的。

　　在婚前，有许多朋友警告过他！小孩子是可怕的，因为小人比大人更会花钱。他不大相信。他的自信心叫他敢挺着胸膛去应付一切困难。他的收入很有限，又没有什么财产。他知道困难是难免的，但不是不可克服的。一个人在抗战中，他想，是必须受些苦的。他不能因为增加收入而改行去作别的。教育是神圣的事业。假若他为生活舒服而放弃了教职，便和临阵脱逃的一位士兵一样。同时，结婚生孩子是最自然的事，一个人必须为国家生小孩，养小孩，教育小孩。这样，结婚才有了意义，有了结果。在困苦中，他应当挺着胸准备作父亲，不该用皱皱眉和叹气去迎接一条新生命。困难是无可否认的，但是唯其有困难，敢与困难搏斗，仿佛才更有意义。

可是，金钱到手里，就象水放在漏壶里一样，不知不觉的就漏没有了。进一还是穿着那些旧衣服，还是不动烟酒，不虚花一个钱。可是一个月的薪水不够一个月花的了。要糊过一个月来，他须借贷，他问秀华，秀华的每一个钱都有去路，她并没把钱打了水飘儿玩。

他不肯去借钱，他甚至看借钱是件可耻的事。但是咬住牙硬不去借，又怎么渡过一个月去呢？他不能叫怀孕的妇人少吃几顿饭！

他向来不肯从别人或别处找来原谅自己的理由。不错，物价是高了，薪水太少，而且自己又组织了家庭。这些都是一算便算得出来的，象二加二等于四那么显明。可是，他不肯这么轻易的把罪过推出去。他总认为家庭中的生活方式不大对，才出了毛病。或者仅是自己完全不对，因为若把罪过都推在秀华身上去，自己还算什么男子汉大丈夫呢？

秀华有一点钱便给肚中的娃娃预备东西。小鞋，小袜，小毛衣，小围嘴……都做得相当的考究，美观。进一很喜欢这些小物件，可是一打听细毛线和布帛的价钱，他才明白，专就这一项事来说，他的月薪当然不够花一个月的了，由这一点，他又想到生娃娃和生产以后的费用；大概一个月的薪水还不够接生的花费呢！秀华的身子是一天比一天的重了。他不敢劝她少给娃娃预备东西，也不敢对她说出生娃娃时候的一切费用。她需要安静，快乐；他不能在她身体上的苦痛而外，再使她精神上不痛快。他常常出一头冷汗，而自己用手偷偷的擦去。他相信自己并没作错一件事，可是也不知怎的一切都出了岔子。

秀华的娘家相当的有钱，她叫进一去求母亲帮忙。他不肯去。他从大学毕业那一天，就没再用过家中一个钱。那么，怎好为自己添丁进口而去求岳母呢。他的嘴不是为央求人用的。

这，逼得秀华声色俱厉的问他："那么，怎么办呢？"

进一惨笑了一下："受点苦，就什么事都办了！"

为证明他自己的话合理，进一格外努力的操作。他起得很早，把屋里屋外收拾得顶整洁，仿佛是说："你看，秀华，贫苦并无碍于生活的整洁呀！"同时他在一个补习学校兼了钟点。所得的报酬很少，可是他满脸笑容的把这一点钱递在秀华手中："秀华，别着急，咱们有办法，咱们年轻轻的，肯出点汗，还能教贫穷给捉住吗？是不是，秀华？"

秀华很随便的把那一点钱放在身旁，一语未发。

进一啃了半天手指甲，而后实在忍不住了，才低声的，恳切的说：

"华！我知道这一点钱太少，没有什么用处。可是，积少成多，我再去想别的法子呀。比如说，我可以写点稿子卖钱。"

"写稿子！"秀华冷淡的问。

"嗯！"进一想了一会儿："是这样，秀华，我尽到我的心，卖尽我的力，去弄钱。可是弄钱只为解决生活，而不为弄钱而弄钱。因此，我去兼课，我写稿子，一方面是增加收入，一方面也还为教书与作文章有益于别人的事。假若，你以为我可以用我的心力去作生意，发国难财，除了弄钱别无意义，你就完全把我看错了！我希望你把我凭良心挣下来的每一个钱，都看成我的爱，我的劳力，我的苦心的一个象征。你要为这样的钱吻我，夸赞我，我才能得到鼓励，要更要好要强，象一匹骏马那样活泼有力，勇敢热烈！能这样，我们俩便是一对儿好马，我们还怕拖不动这一点困苦吗？笑！秀华！笑！发愁，苦闷，有什么用处呢！"

秀华很勉强的笑了一笑。她有一肚子的委屈，可是只简单的缩敛成很短的，没有头尾的几句话："什么也没有，没有交际，没有玩耍，没有……"

"我知道！我知道！每次朋友来，都叫你脸红。没有好茶叶，漂亮的点心，没有香烟……甚至于没有够用的凳子和茶碗。可是，朋友们也该知道现在是抗战时期呀。他们知道这个，就该原谅咱们。假若咱们是由发国难财而有好茶好香烟好茶杯给他们享受，他们和咱们就都没有了良心，你说是不是？秀华，打起精神来，别再叫我心里难过！"

秀华没再说什么，可是脸上也并没有一点笑容。进一也不敢再多讲，他知道话太多了也不易消化。他去擦皮鞋，扫地，以免彼此对愣着。虽然如此，屋中到底还是沉静得难堪。

一位朋友来给解了围。进一的迎接朋友是直爽而热烈的。有茶，他便倒茶；没茶，他干脆说没有。假若没有茶，而朋友真口渴呢，他就是走出二里地也得把茶水弄了来。

这位朋友是来求他作点事。在婚后，正如婚前，进一有求必应的。特别在婚后，他仿佛是故意的作给秀华看："你说咱们不会招待朋友，朋友有事可是先来求我呀！彼此帮忙才是真朋友，应酬算什么呢！"

三言两语，朋友把事情说清楚；三言两语，进一说明了他可以帮忙。然后，他三步当作两步的去给友人办理那件事。

把事情办成，他给了友人回话，而后把它放在脑子后头——进一永远不爱多说怎样给别人帮忙的经过；帮忙是应该的，用不着给自己宣传。

过了几天，他已经几乎把这件事忘得一干二净了，友人来了，给他道谢。一边说着话，友人顺手的放下一筒儿炮台烟。

"喝！炮台！"进一笑着说，"干什么？"

"小意思！"友人也笑了笑，"送给你的！"

"我不吸烟！"进一表示不愿接收礼物。

"留着招待朋友。遇到会吸烟的。你送他一枝，一枝，他也得喜欢！"说罢，友人就搭讪着告辞了。

送客回来，他看见秀华正拿着那筒烟细细的看呢，倒仿佛从来没看见过的样子。

"秀华！"进一笑着叫。"给他送回去吧，反正咱们俩都不抽烟。凭咱们这破桌子烂板凳，摆上这么一筒烟也不配合！"

"你掂一掂！"秀华把筒儿举起来。

"干吗？"

"不象是烟，烟没有这么沉重！"

进一接过烟来，掂了一掂。掂了一小会儿，"不是香烟！可也不能是大烟吧？"说着，他把筒的盖儿掀开。"钱！"

"钱？"秀华探着脖子看。"多少？"

"管他多少呢，我马上给他送回去！"进一颇用力的把盖儿盖好。就要往外走。

"等等！你等等！"秀华立了起来。"到底是怎回事？"

"他托我给说了个情，我给办到了。没费我一个铜板，干吗送我钱呢？"进一又把嘴歪到左边去。

"大概事情不那么简单吧？"秀华慢慢的坐下。"求你的事必不象他说的那么容易。人家求你，你仿佛吃了蜜，连事情还没弄明白就一劲儿点头！"

"管它呢，反正我不能收这点钱！"

"这点钱，他应当给，应当多给！"

"秀华！"进一的脸上很不好看了。"这是贿赂！一文钱也是贿赂！"

说完，进一又要往外走。

从外面进来个二十岁上下的学生，走得慌速，几乎和进一碰个满怀。

"阚先生！"学生的眼中含着泪。

"怎么啦？丁文！"进一关切的问。

"弟弟急性盲肠炎！入院得先交一千，动手术又得一两千！他疼得翻滚，我没钱！我们的家在沦陷区！先生，你救命！"丁文把话一气说完，一下子坐在了小凳上，头上冒出大汗珠子。

"嗯！"进一手中掂着那个香烟筒，打主意。他好象忘了筒里装的是钱，而忽然的想起来。"等我看看！不要着急！"他打开烟筒，把一卷塞得很结实的钞票用力扯出来。极快的他数了一数。"嘿，整三千！丁文，这不是好来的钱，你愿意用吗？"

丁文几乎象抢夺似的把一卷票子抓在手中。"先生，人命要紧！"他噗咚一声跪在地上，磕了一个头起来，没再说什么，象箭头儿似的飞跑出去。

进一把嘴歪到一边，向门外发愣。

"进一！"秀华含着怒喊叫，"我不久也得入医院，也得先交一千，也得花一两千医药费！你怎么不给我想一想呢？你从哪里再弄到三千元呢？"

进一慢慢的走过来，轻轻的拍了两下秀华的肩。"华，天无绝人之路，咱们必有办法。无论什么吧，咱们的儿女必要生得干净！生得干净！"